TASCHENBUCH

1. Auflage: September 2019

AF190123

Herstellung und Verlag:
BoD- Books on Demand Norderstedt
ISBN13: 978-3-7481-8199-6

Über den Autor:

Jürgen Kammerl, Jahrgang 1962, wurde in einer niederbayrischen Kleinstadt geboren. Seit 55 Jahren wohnt und lebt er in Darmstadt. Hier arbeitet er als Maschinenbautechniker in einer Firma für Automobil-Prüftechnik. Seit dem Jahr 2007 schreibt er themenbezogene Ratgeber. Sein erstes Buch „Schlaganfall – Der Krieg im Kopf" erschien 2008. Im Jahr 2009 folgte der Ratgeber „Das Puzzle des Lebens – Auf der Suche nach meinem Ich". Danach folgten einige Gedichtbände und Kurzgeschichten.

Die erlebten Abenteuer von Bob und Benny motivierte ihn, eine neue Buchreihe „Bob und Susi" zu schreiben, die inhaltlich am Roman „Bob und Benny – Zwei Freunde fürs Leben" anknüpft.

Weitere Info's siehe:

http://www.juergenkammerl.com

***

Jürgen Kammerl

Bob und Susi

Band 1

Zwei Stofftiere entdecken die Welt

Impressum:

Copyright © 2019 Jürgen Kammerl

Herstellung und
Verlag: BoD – Books on Demand, Norderstedt.
Buchgestaltung: Jürgen Kammerl
                     (unter Verwendung eigener Fotos)

Umschlaglayout,
Titelbild,
Textverarbeitung,
Drucksatz: Jürgen Kammerl

Bildnachweis: Alle Rechte, der in diesem Buch verwendeten
                     Fotos und Abbildungen liegen bei Jürgen
                     Kammerl.

Druck + Bindung: BoD, Norderstedt

Bibliografische Information der Deutschen Nationalbibliothek. Die
Deutsche Nationalbibliothek verzeichnet diese Publikation in der
Deutschen Nationalbibliografie; detaillierte bibliografische Daten
sind im Internet über www.dnb.de abrufbar.

Inhalt

Kapitel 1

Wie alles begann…

Das kleine Bärchen Benny mit dem seltsamen Ring am Kopf kam nach langer Zeit von seinen vielen Fernreisen wieder zurück in seinen heimischen Gefilden nach Darmstadt.

Bob, sein großer Freund blieb während dieser Zeit zuhause. Eines Tages jedoch hatte Bob, als er wieder einmal ganz allein auf der Straße unterwegs war, einen Unfall.

Durch diesen Unfall erlitt er ein Schädel-Hirntrauma. Er verlor seine Sprache, sein Gedächtnis und seine Orientierung.

Während Benny auf Reisen war und von alledem nichts mitbekam, kümmerte sich die Maus Susi liebevoll um Bob. Susi und Bob verbrachten in Bennys Abwesenheit viel Zeit miteinander. Sie lernten sich immer besser kennen und entwickelten viel Sympathie zueinander. Sie kamen sich immer näher und verbrachten fast ihre gemeinsame Freizeit zusammen.

Auch die Freundschaft zum Menschenmann Jürgen und zur Menschenfrau Tanja festigte sich immer mehr, sodass sie ihre Angst vor Menschen fast verloren.

Bobs gesundheitlicher Zustand seit seinem Unfall verbesserte sich im Laufe der Zeit zunehmend, dank Susis Hilfe, die sich rührend um ihn kümmerte. Bob hatte nur noch etwas Probleme mit der Orientierung und seinem Gedächtnis. Trotz alledem aber bleibt die kleine Maus Susi bei Bob und begleitet ihn weiterhin durchs Leben mit vielen Abenteuern und Unternehmungsgeist.

Als Benny von seinen Reisen wieder zuhause bei Bob war, spürte er sofort, dass da noch etwas anderes war. Das starke Freundschaftsband, das die Beiden vorher miteinander verband, ist plötzlich schwächer geworden.

Lag es vielleicht daran, dass Benny nicht da war, als Bob ihn dringend gebraucht hätte?

Oder lag es an Susi, an der Bob mittlerweile ein größeres Gefallen fand?

Wie dem auch sei, Benny war nach langer Zeit wieder heimgekehrt zu seinem Freund Bob. Gemeinsam wollen sie von nun an eine schöne und wilde Zeit verbringen, wenn da nicht noch Susi wäre, die immer und überall dabei sein möchte.

Benny schien jedoch diese Dreier Begebenheit nicht so ganz zu gefallen, denn er rümpfte etwas seine Nase, als alle beieinanderstanden und sich über die Zukunft unterhielten.

»Jetzt auch noch ein Frauenzimmer dabei?«

»Das kann nicht gut gehen!« - dachte sich Benny und hielt sich seinen Kopf, während er Susi anschaute.

Es war nicht so ganz einfach für alle Drei, hier auf einen gemeinsamen Nenner zu kommen. Für Bob stand aber eines fest, es war sein wichtigstes Ziel, wieder so schnell wie möglich ganz gesund zu werden und dabei war Susi bislang seine beste Unterstützung.

***

Kapitel 2

Bob ging es immer besser. Dennoch machte er sich Gedanken darüber, wie es gewesen wäre, wenn es nicht so glimpflich für ihn ausgegangen wäre.

Was, wenn er auf die Straße gefallen wäre und ein großen Menschenauto hätte ihn überrollt?

Was, wenn er dadurch gelähmt gewesen wäre und müsste im Rollstuhl sitzen?

Eine furchtbare Vorstellung für Bob. Viele Gedanken gingen ihm durch den Kopf. Während Bob so über sein Schicksal nachdachte, kam er dabei auf eine Idee. Nachdem er so viel Glück gehabt hatte, wollte Bob von nun an anderen Stofftieren mit seinen Erfahrungen über seine Krankheitsfolgen helfen und unterstützen. Aber wie konnte Bob das machen und welche Möglichkeiten gäbe es dafür?

Bob saß auf dem Sofa und überlegte, aber es fiel ihm einfach nichts ein. Auch als Bob am Laptop etwas im Internet surfte, wusste er nicht so genau, nach was er suchen sollte. So gab er nach kurzer Zeit frustriert auf und widmete sich wieder seiner Susi.

Die vielen Ausflüge, die Bob und Susi bereits zusammen gemacht haben, gefielen Bob und taten ihm sehr gut. Natürlich wollte er in der Zukunft weitere Ausflüge mit Susi machen. Seinen Freund Benny aber gefiel das ganz und gar nicht und zog sich etwas zurück. Bob fiel das merkwürdige Verhalten von Benny zunächst gar nicht auf. Auch nicht dann, als es um Benny so still wurde, denn zu sehr war Bob inzwischen auf Susi fixiert.

Während Bob und Susi mal wieder eines Tages irgendwo unterwegs waren, fiel Bob ein Flyer von der ZNS-Hannelore-Kohl-Stiftung in die Hand. Etwas neugierig betrachtete er ihn und staunte nicht schlecht.

„Qualifizierung Selbsthilfe" stand als Titel ganz groß geschrieben auf der ersten Seite darauf.

„Was ist das denn?" - wunderte sich Bob und öffnete langsam den Flyer.

„Püh, das ist ja gar nicht so einfach, mit meinen Pfoten, den dünnen Flyer zu öffnen!" - fluchte Bob und ärgerte sich etwas, da es so lange dauerte, bis er ihn geöffnet hatte.

Schließlich schaffte er es und las ihn sorgfältig und aufmerksam durch.

„Boah, cool!"

„Das ist ja genau das, was ich möchte!"

„Das muss ich sofort Susi berichten!"

Bob machte den Flyer wieder zu und ließ ihn achtlos auf dem Boden liegen, dann sprang er vom Boden auf und rannte sofort zu Susi in die Küche.

Auf dem Weg dorthin rief er schon ganz aufgeregt:

„Hallo Susi, guck mal!"

Aber Susi reagierte nicht. Als Bob in die Küche kam, war sie nicht da. Sie war weg. Einfach weg, ohne ein Wort zu sagen.

„Nanu, wo ist sie?" - wunderte sich Bob.

„Suuusi!" - rief er ganz laut durch die Wohnung, aber es war still.

Mit gesenktem Kopf und völlig verwirrt stand Bob an der Küchentür und wurde traurig, als er Susi nicht sah. Bob drehte seinen Kopf in Richtung des noch verbleibenden Wohnraumes. Nochmals rief er ganz laut und verzweifelt:

„Suuusi, wo bist Du?"

Aber noch immer kam keine Antwort. Bob machte sich nun doch langsam etwas Sorgen um sie, da es überhaupt nicht ihre Art war, einfach so zu verschwinden.

Bob drehte sich um und ging mit gesenktem Kopf wieder zurück in Richtung des Wohnzimmers. Enttäuscht über Susis Abwesenheit, wollte er zu seiner Couch zurückgehen, um es sich etwas bequem zu machen und auf Susi zu warten.

Auf dem Weg dorthin hörte Bob plötzlich ein leises, metallenes Schlüsselgeklimper. Schlagartig blieb er stehen und spitzte seine Ohren. Bob stellte seine Ohren in die Richtung, wovon das Schlüsselgeklimper kam.

„Nanu, das kommt doch von der Eingangstür!?"

„Das kann doch nur Susi sein?"

„Sonst hat doch niemand einen Schlüssel, außer Susi und ich?"

Bob rannte so schnell er konnte zur Tür hin. Als er dort ankam, blieb er kurz davorstehen. Sein Blick wanderte zum Türgriff, der sich langsam senkte. Bobs Herz schlug immer schneller und er wurde immer aufgeregter.

„Susi, bist Du das?" – rief er ganz laut.

»Ja, Bob!« - piepste Susi durch die halb geöffnete Tür zu Bob zurück.

»Ich war mal kurz einkaufen!«

Bob fiel ein Stein vom Herzen, als er sie zur Tür hereinlaufen sah.

„Was hast Du denn gekauft?" - fragte Bob neugierig, als Susi in der geöffneten Tür stand.

»Mäusekram, nix für Bärchen!« - antwortete Susi, lächelte etwas, machte die Tür zu und ging damit direkt ins Bad.

Nach einer kurzen Zeit kam sie wieder heraus und ging zu Bob ins Wohnzimmer, setzte sich neben ihn und kuschelte sich an ihn.

»Ach Bob, schön dass es Dich gibt!« – flüsterte Susi in sein Ohr.

„Ja, Susi, ich bin auch so froh, dass Du bei mir bist!"

„Du Susi, ich hätte da mal ne' Frage!?"

»Was denn Bob?«

„Sag mal, Susi, wir haben doch in der Zwischenzeit mit meinem Schädel-Hirntrauma relativ viel Erfahrung über die Bewältigung gesammelt!?"

„Was würdest Du davon halten, wenn wir mit unseren Erfahrungen anderen Bärchen und Mäuschen helfen würden?"

Bob senkte seinen Kopf und schaute auf den Flyer.

»Wie meinst Du das, Bob?«

„Schau mal, Susi, ich habe hier einen Flyer, das wäre doch mal was für uns zwei?"

»Hä? Was denn, Bob?«

„Na, schau Dir mal den Flyer an!"

„Ich finde das großartig!"

Susi griff neugierig nach dem riesigen Flyer, schlug ihn auf und las ihn durch. Schweigend und sehr vertieft folgte Susi den Informationen, die darin enthalten waren. Als Susi damit fertig war, schaute sie Bob mit großen Augen an, drehte ihren Kopf zur Seite und lächelte.

»Willst Du etwa eine Selbsthilfegruppe gründen?«

„Klar, Susi, warum denn nicht?"

„Weißt Du noch, unser erster Besuch beim Gruppentreffen bei der SHG-Darmstadt?"

„Das war doch eine geniale Sache, wie die Menschen miteinander geredet haben!?"

„Das wäre doch was für uns zwei, findest Du nicht auch?"

»Hmmm?!«

»Das klingt sehr interessant, Bob, aber bei Deinen Problemen mit dem Gedächtnis?!«

„Ach, Susi, das schaffe ich schon!"

„Man bekommt doch bei dem Seminar alles Wichtige beigebracht was man wissen muss und es kostet nix!"

»Cool, Bob, wo findet das statt?«

„Ich glaube in Königswinter, in der Nähe von Bonn, guck mal auf den Flyer!"

»Stimmt, Bob!«

»Ui, das Seminar ist aber schon bald!«

„Komm, Susi, ich melde uns mal dort an, OK?"

»OK, Bob, mach das!«

Noch am selben Tag setzte sich Bob mit Susi an den Laptop. Sie starteten das Internet und gingen auf die Homepageseite der ZNS-Hannelore-Kohl-Stiftung. Dort meldeten sie sich in der ZNS-Akademie für das Seminar an.

„Schwupp, weg ist die Anmeldung!" – rief Bob und lächelte dabei zufrieden.

»Hey, Bob, bin ja mal gespannt, wann wir eine Antwort bekommen!«

„Och Susi, das Seminar ist doch erst in acht Wochen!"

„Warten wir es mal ab!"

Einen Moment überlegte Bob, ob er wirklich daran teilnehmen sollte. Denn es waren insgesamt vier Workshops, deren Inhalte den Teilnehmern alles vermittelte, was man wissen muss, um eine Gruppe zu gründen.

„Du, Susi, was war nochmal der Seminarinhalt?

»Weißt Du es nicht mehr?«

„Nö, Susi, Du weißt doch, mein Dachschaden!"

»Jaja, Du und dein Dachschaden und da willst Du an diesem Seminar teilnehmen?«

„Na logisch!" – antwortete Bob und plusterte sich selbstsicher vor Susi auf.

Susi konnte sich das Lachen nicht verbeißen, als sie das von Bob hörte und ihn so dastehen sah. Bob musste plötzlich auch über sich selbst und seine Sprüche lachen, als er schlagartig seine Miene verzog und ernst schaute.

„Du, Susi, kannst mir bitte nochmal vorlesen, was der Inhalt des Seminares ist?"

»Weißt Du es denn nicht mehr?« – fragte sie ihn und schaute ihn dabei etwas verwundert an. Bob währenddessen schüttelte sanft seinen Kopf und wurde etwas traurig.

»Also gut, ich lese es dir nochmal vor!«

Susi nahm den Flyer mit ihren kleinen Pfötchen, klappte ihn auf und begann die Seminarinhalte vorzulesen. Bob spitze seine Ohren und hörte aufmerksam zu.

»Als erstes ist da am Freitagmorgen der Workshop Nr.1, wo Du die Grundlagen zur Gründung einer Selbsthilfegruppe beigebracht bekommst!«

„Und die wären, Susi?"

»Nun, Bob, da sind zum Beispiel die rechtlichen Grundlagen, die Du wissen musst oder Ansprüche, die Du an die Kostenträger stellen kannst und wie Du die Finanzierung der Selbsthilfegruppe gewährleisten kannst!«

„Cool! Und beim Workshop Nr.2?"

»Also, Bob, hier bekommst Du beigebracht, wie Du die Rolle oder die Funktion der Gruppenleitung einnehmen kannst!«

„Äh, Rolle? Funktion?"

»Nun Bob, auf dem Flyer steht durch Selbstreflexion, Klärung der eigenen Motivation, Erreichbarkeit und Belastbarkeit!«

„Hä?"

„Das klingt ja echt anstrengend und kompliziert!"

„Und das alles am ersten Tag, Susi?"

»Jepp, Bob, für mich ist das auch alles neu, aber das schaffen wir schon!«

„Und am Samstag?"

»Am Samstagmorgen folgt dann als erstes der Workshop Nr.3!«

»Da lernst Du, wie Du die Gruppe moderierst!«

„Äh, was ist das, Susi?"

»Na, Bob, da lernst Du die typische Rollenverteilung in einer Gruppe, das Verteilen von Aufgaben oder Funktionen, die Struktur der Gruppentreffen, die Gruppenkommunikation und den Umgang mit Konflikten!«

„Das ist ja echt cool, Susi, da lernen wir ja auch was für unseren Privatgebrauch!?"

»He, Bob, bis jetzt haben wir uns doch noch nie gestritten, wozu also für uns?«

„Och, nur so!" – antwortete Bob und lächelte etwas verschmitzt.

Einen Moment herrschte Stille zwischen Bob und Susi, als Bob kurz darauf die Stille wieder unterbrach mit der Frage:

„Und nach dem Mittagessen kommt dann bestimmt der Workshop Nr.4?"

»Richtig Bob!«

»Da bekommst Du dann beigebracht, wie man Gruppenangebote entwickeln kann!«

„Hä? Gruppenangebote, Susi?“

»Ja, Bob, da werden dir Arten der Gruppenarbeit, die einzelnen Gruppenphasen (Orientierung, Klärung, Stabilisierung, Arbeit) und Tipps zur Öffentlichkeitsarbeit (Flyer, Homepage etc.) vermittelt!«

„Uiuiui, das wird aber kompliziert!“

„Ehrlich gesagt, habe ich mir das alles etwas einfacher vorgestellt, Susi!?“

»Ach, Bob, es hört sich bestimmt alles nur so kompliziert an!«

»Schließlich ist es doch ein Seminar zur Schulung schädelhirnverletzter Menschen und deren Angehörigen, die sich in der Selbsthilfe engagieren wollen!«

„Hm, also Susi, doch genau das Richtige für uns!?“

»Genau, Bob!«

»Ach, ja, Bob, unser Menschenfreund Jürgen moderiert den Workshop Nr. 4!«

„Wirklich?“

»Ja, wirklich!«

„Cool, Susi!“

Gespannt und ungeduldig warteten Bob und Susi auf die Anmeldebestätigung von der ZNS-Akademie. Schließlich mussten sie sich ja als Stofftiere für das Seminar noch vorbereiten.

In der Zwischenzeit des Wartens ergab sich jedoch eine besondere Begegnung, die vor allem für Susi eine Wende in ihrem Leben geben sollte, ...

***

Kapitel 3

Das Susi mit Bob schon einiges zu tun hatte, nahm sie gekonnt mit ihrem Herzen und Zuneigung zu Bob in Kauf. Aber dass Susi Verwandtschaft im Orbit hatte, wusste sie bis zu diesem Tag nicht. Nichtsahnend und völlig überraschend wurde sie jedoch eines Besseren belehrt.

An einem wunderschönen, sonnigen Tag in diesem Jahr, also ein Tag später, nachdem Bob und Susi sich bei dem Seminar in Königswinter angemeldet hatten, schlenderte Susi mit Bob gemütlich und entspannt durch die umliegende Landschaft und schauten sich gemeinsam die Gegend an.

Natürlich mussten sie dabei immer auf der Hut sein und auf die Menschenkinder aufpassen, die mit ihren Bobbycars, Rollern oder Fahrrädern wild um die Gegend fuhren, ohne sich an die Verkehrsregeln zu halten.

Selbst die Menschenkindereltern hatten diese wilden Rabauken kaum unter Kontrolle. Das war schon eine mächtig gefährliche Angelegenheit, wieder heil nach Hause zu kommen. Aber davon ließen sich die Beiden nicht abhalten. So kam es, dass sie wieder mal bei wunderschönem Wetter an einem beliebigen Tag, in den nahen gelegenen Park gehen wollten, um sich die schöne Blumen- und Pflanzenwelt betrachten zu können.

Schon auf dem Weg dorthin, kamen sie an einen kleinen Teich vorbei und rasteten einen kurzen Moment.

Dann gingen sie gemütlich weiter, bis sie zur Straße kamen. Als sie kurz darauf hastig mit ihren kurzen

Beinchen die verkehrsberuhigte Straße überquerten, um zum Eingang des Parks zu gelangen, dauerte es nicht lange, bis sie vor dem mächtigen Eingangstor standen. Beeindruckt blieben sie vor dem großen Schmiedeeiserene Tor stehen und betrachteten sich aufmerksam die goldenen Verzierungen.

»Komm, Bob, lass uns weitergehen, Du kennst doch schon das Tor, Bob!« - quengelte Susi.

„Jaja, ist ja schon gut!"

„Komme ja schon!"

Bob setzte sich in Bewegung und ging zu Susi hinüber, die inzwischen im geöffneten Torflügel Stand. Er nahm Susis kleines Pfötchen und beide gingen Pfötchen in Pfote durch das Tor hindurch. Nun waren sie im Parkinneren angekommen.

Bob und Susi schlenderten einen kleinen Weg entlang, an dem sie am Ende rechts abbogen. Ein kurzes Stück Kiesweg weiter standen sie dann am Rand der wunderschönen Parkanlage mit kleinen Teichen, Orangenbäumen, Palmen, Wiesen voller Blumenrabatte und Bänken zum Ausruhen.

„Komm, Susi, lass uns zur Bank da rüber gehen!"

„Mir tun meine Füße weh von den spitzen Kieselsteinen!"

„Außerdem haben wir da eine gute Sicht zum Brunnenbecken!"

»OK, Bob, das machen wir!«

Nicht weit von wo sie standen, befand sich eine kleine Bank. Ideal für Bob und Susi. Als sie diese sahen, gingen sie direkt zur Bank hinüber und hüpften auf die Sitzfläche hoch. Es plumpste zweimal kurz hintereinander, als sie schon auf der Sitzfläche saßen.

„So, ich sitze!" – sprach Bob erleichtert.

»Ich sitze auch, Bob!«

„Das ist schön Susi!"

„Na, komm mal zu mir!"

Susi kuschelte sich an Bobs Seite und sie genossen gemeinsam den Ausblick. Sie saßen auf einer kleinen Bank im Park und betrachteten sich das Treiben von den Menschen auf dem See. Dort spielten Menschenkinder im Wasser, ferngesteuerte Boote trieben auf dem Wasser und viele Enten zierten die Anwesenheit.

Als Bob und Susi so dasaßen und vor sich hinträumten, hörten sie kurze Zeit später plötzlich ein leises Summen, welches sich von hinten und von oben ihnen näherte. Dabei wurde das Summen immer lauter, je näher es kam.

Nein, es war kein Bienensummen, sondern es klang nach einem technischen Summen. Verwundert drehte sich Bob und Susi um in Richtung des Summens, aber sie sahen nichts. Plötzlich verschwand das Geräusch genauso wieder so überraschend, wie es kam und alles war wieder ruhig. Bob und Susi wunderten sich noch ein wenig, drehten sich wieder nach vorn und richteten ihre Blicke zum See.

Sie machten ihre Augen zu, kuschelten sich ganz nah zusammen und genossen die Zweisamkeit. Keine 15 Minuten später erschien wieder das Geräusch. Diesmal jedoch kam es von vorn direkt auf Bob und Susi zu und war wesentlich lauter. Beide öffneten ihre Augen und trauten diesen nicht. Vor Ihnen schwebte ein kleines rundes Raumschiff, welches wild blinkte und sich langsam um die eigene Achse drehte. Es sah aus, wie ein riesiger Donut. Dann setzte es zur Landung an.

„Boah, schau Dir das mal an, Susi!"

»Was ist das denn?«

»Bob, halt mich fest, ich habe Angst!«

„Du, Susi, ich glaube das ist ein kleines Raumschiff!"

„Aber woher kommt es?"

Das Raumschiff stand am Boden, ganz nah bei Bob und Susi vor der Bank, die immer noch ängstlich auf der Bank saßen und das ganze argwöhnisch von oben betrachteten.

Die Lichter des Raumschiffes gingen aus und es drehte sich auch nicht mehr. Es wurde ganz still. Plötzlich öffnete sich eine kleine Luke an der Seite des Raumschiffes und eine kleine Rampe fuhr heraus, bis sie den Boden berührte. Aus dem inneren des Raumschiffes schimmerte ein blaues Licht, welches mit etwas zischenden, weißen Nebel erhellt wurde. Aus dem Nebel erschienen auf einmal kleine Schatten, unerkennbare Umrisse von kleinen Lebewesen, die anscheinend das Raumschiff verlassen wollten.

Während sich der weiße Nebel langsam etwas lichtete, wurden die Umrisse der Lebewesen immer konturenreicher, je mehr sie sich der

Raumschiffluke und der Rampe näherten. Gespannt und mit großen Augen blickten Susi und Bob dem Treiben zu. Susi griff nach Bobs Pfote und hielt sie ganz fest.

Gespenstische Ruhe herrschte plötzlich und alle Augen waren zur Rampe gerichtet. War es eine Begegnung der dritten Art?

Kaum hatte Susi den Gedanken beendet, fing sie plötzlich laut und erleichtert an zu lachen. Bob schaute Susi etwas verwirrt an.

„Warum lachst Du jetzt, Susi?"

»Warte mal ab, Bob!«

Die Konturen zeichneten sich immer schärfer ab, sodass auch Bob jetzt die Wesen erkennen konnte. Daraufhin fing plötzlich auch Bob an zu lachen und begrüßte die fremden Wesen liebevoll.

Aus dem Raumschiff krabbelten 5 kleine Mäuse, die zielstrebig hintereinander zu Susi hinüber gingen.

Susi war zunächst etwas überrascht und grübelte:

»Mäuse, die Raumschiffe fliegen können?«

»Hm, warum kann ich das nicht?«

Susi saß noch immer auf der Bank und schaute von oben herunter.

Die kleinen außerirdischen Mäuse standen vor der Bank und schauten zu Susi hinauf. Plötzlich piepste die Führungsmaus in einem schrillen Ton zu Susi irgendetwas Unverständliches hinauf. Susi stellte ihre Ohren, lächelte und hüpfte freudig von der Bank herunter.

„Hat Susi das jetzt verstanden?" – wunderte sich Bob.

Susi ging zur Führungsmaus hinüber, die der Kommandant zu sein schien, und sprach sie an.

»Hallo, ihr da, wo kommt ihr denn her?«

„Hallo Du da, wir kommen aus dem Weltraum!" – piepste der Kommandant.

„He Susi, wer ist das? Kennst Du sie?" – rief Bob aus dem Hintergrund.

Susi reagierte nicht auf Bobs Frage, der immer noch auf der Bank saß. Zu sehr war Susi mit den Mäusen im Gespräch beschäftigt. Es waren insgesamt 5 Mäuse an Bord des Raumschiffes. Wie sich im Nachhinein durch Susis Gespräche herausstellte, kamen sie vom Planeten Mausi, der sich in der Andromeda Galaxie befand, also rund drei Lichtjahre von der Erde entfernt. Es war ein kleiner unbewohnter Planet, bevor ihn die Mäuse besiedelten und ihn Mausi tauften. Schnell waren die Wohnkapazitäten des Planeten erreicht. Ihre Mission war es nun, durch das Weltall zu fliegen auf der Suche nach Verwandtschaft und neuem Platz.

„So kamen wir systematisch zu Euch in die Milchstraßengalaxie und zum Planeten Erde!"

„Mein Name ist Kommandant 96!"

„Wie heißt Du?"

»Mein Name ist Susi!«

„Und das ist meine Crew, Susi!" – sprach der Kommandant und zeigte dabei mit seiner kleinen Pfote auf die einzelnen Crewmitglieder.

„Das ist mein erster Offizier, Nr. 117!"

„Das ist der Schiffsarzt, Nr. 202!"

„Das ist der Navigator, Nr. 345!"

„Und das ist unsere Köchin und Maschinistin, Nr. 57!"

»Herzlich Willkommen auf der Erde!« - sprach Susi.

»Ihr seid also auf der Suche nach Verwandtschaft?«

„Ja, unser Planet Mausi ist sehr klein, deshalb sind auch wir nicht sehr groß gewachsen!"

„Euer Planet Erde ist ja echt sehr schön, nur ist hier alles so furchtbar groß!?"

»Ja, im Gegensatz zu euch, sind unsere Verwandten hier sehr groß, lieber Kommandant 96!«

»Es wird Euch aber hier bestimmt gefallen!

„Bestimmt, so wie ich das sehe!" – antwortete der Kommandant.

»Wie seid ihr denn nach Mausi gekommen?«

„Ich weiß es nicht genau!" – antwortete Kommandant 96.

„Unsere Mäuseregierung auf unserem Planeten wusste nur noch von geschichtlicher Literatur, dass vor sehr langer Zeit in der Milchstraßengalaxie, auf dem Planeten Erde, ein großes Unglück bevorstand!"

„Ich glaube, damals drohte ein Kometeneinschlag!"

„So mussten unsere Vorfahren damals die Erde binnen kurzer Zeit verlassen!"

„Seit dem leben wir auf dem Planeten Mausi!"

»Ach, Eure Vorfahren haben früher auf der Erde gelebt?«

„Ja!"

„Das war eine schlimme Zeit, in der noch die Dinos lebten!"

»Warum denn?«

„Na die haben alles platt getrampelt!"

„Viele Mäusevorfahren sind dadurch gestorben!"

»Ui, das ist natürlich nicht schön, Kommandant 96!«

„Wem sagst Du das, Susi!"

Bob wurde es nun doch etwas langweilig auf der Bank und beschloss, einfach herunter zu hüpfen. Er stellte sich neben Susi und betrachtete sich die kleinen süßen außerirdischen Mäuse. Auch Bob begrüßte sie herzlich, wurde aber von den kleinen Weltraummäusen etwas argwöhnisch angeguckt.

»Das ist mein Freund Bob!« - sprach Susi zu ihnen.

„Hallo Bob!" – sprach Kommandant 96, während die anderen vier Mäuse sich ruhig verhielten.

Susi, Bob und Kommandant 96 unterhielten sich noch eine Weile im Park. Zum Glück konnten sie Menschenkinder oder gar Hunde nicht sehen. Zu gut verdeckt war die Bank, obwohl sie direkt am See lag. Dennoch beschlossen sie, den Park wieder zu verlassen und in Bobs geschützte Wohnung zurück zu gehen.

Bob gab Kommandant 96 die Koordinaten seiner Wohnung, während sich Bob und Susi auf den Heimweg machten. Die Startvorbereitungen des kleinen Raumschiffes nahmen doch einige Zeit in Anspruch. Schließlich mussten sie wieder einsteigen, sich auf ihre Plätze setzen und die Startprozedur durchgehen. Nach einer Weile haben es aber die kleinen Mäuse geschafft und hoben ab mit vorgegebenem Kurs.

Bob und Susi waren inzwischen schon in Bobs Wohnung angekommen. Sie öffneten sofort alle Fenster für die Weltraummäuse. Keine 5 Minuten später schwebte auch schon das Raumschiff durch das Wohnzimmerfenster herein und landete sicher auf dem Wohnzimmerboden.

Die kleinen Mäuse verließen ihr Raumschiff und krabbelten zu Bob und Susi, die bereits auf der Couch saßen.

Die fünf Mäuse folgten ihnen und machten es sich vor den Beiden bequem. Nun begannen sie gegenseitig zu erzählen.

Sie sammelten neugierig die Informationen, machten sich Notizen und fragten, was das Zeug hielt. Die Zeit verging wie im Fluge. Plötzlich machte Kommandant 96 eine Bemerkung:

„Wir müssen unbedingt die anderen Mäuse informieren, dass wir Verwandte gefunden haben!"

»Wie viele Mäuse leben denn auf eurem Planeten?« - fragte Susi neugierig.

„Weil der Planet so klein ist, leben nur 1000 Familien dort!"

»So wenig?«

„Ja, deswegen sind wir ja auf der Suche nach mehr Platz für unsere Familien!"

»Ah, ja, Kommandant 96, na, dann habt ihr ja wohl Euer Ziel gefunden?«

„Ja, es sieht hier bei Euch auf der Erde sehr gut aus!"

Der Kommandant 96 lächelte erleichtert und wandte sich wieder seiner Mannschaft zu. Gespannt blickte die Crew ihn an, während Susi den Kommandanten anschaute. Alle waren sich sicher, dass die Erde der richtige Planet für sie wäre. So sprach dann der Kommandant 96:

„Also, morgen früh fliegen wir zurück nach Mausi und verkünden die frohe Botschaft!"

„Stimmt ihr alle zu?"

Die anderen Mäuse schauten sich gegenseitig an, dann wandte sich ihr Blick direkt zum Kommandant 96.

„Jaaaaa!" – rief die Crew.

Einstimmig nahmen die Crewmitglieder die Entscheidung des Kapitäns an. Mittlerweile ist es schon arg spät geworden. Bob und Susi wurden sehr müde. Aber auch bei der Raumschiffcrew machte sich die Müdigkeit breit. Also legten sich alle hin zum Schlafen.

Am nächsten Morgen, es war schon hell geworden, bedankten sich die Weltraummäuse bei Bob und Susi für die galaktische Gastfreundschaft. Die Köchin und Maschinistin, Nr. 57, füllte noch ihre Proviantvorräte auf und die Wassertanks für Ihren

Flug nach Hause. Als das vollzogen war, verabschiedeten sie sich herzlich voneinander und bedankten sich nochmal für alles.

»Guten Flug!« – rief Susi dem Kommandant 96 noch nach, als er als letztes das Raumschiff betrat und die Luke hinter sich verschloss.

Da war es wieder, das Summen, dass immer lauter wurde, die Lichter, die leuchteten und das langsame rotieren des Raumschiffes, welches einen majestätischen Eindruck hinterließ.

Einen Moment schwebte es noch vor Bob und Susi, so als wollten sie doch nicht wegfliegen. Aber sie konnten nicht wegfliegen, denn das Wohnzimmerfenster war ja noch zu.

Als Susi das sah, schmunzelte sie, hüpfte sofort auf die Fensterbank, betätigte den Fenstergriff und öffnete es. Das Raumschiff setzte sich langsam in Bewegung und flog davon.

»Jetzt sind sie wieder weg!?« - flüsterte Susi traurig.

„Die kommen bestimmt wieder!"

»Meinst Du, Bob?«

„Aber klar doch, Susi!"

„Sie suchen doch Platz für ihre Familien!?"

Beide schauten dem Raumschiff noch nach, bis es schließlich aus ihrem Blickwinkel verschwand…

Rückflug zum Planeten Mausi

Es war ein kleines Raumschiff, dass durch die Unendlichkeit des Alls flog. Nur wenn man wirklich genau hinsah, hätte man es entdecken können. Für alle anderen war es praktisch unsichtbar, denn es war sehr klein. In ihm flogen 5 kleine Mäuse durch den Weltraum. So konnte es sich auch völlig unbemerkt der Erde nähern. Es war zu klein, um von dem Menschenradar erfasst zu werden.

»Wir sind bald wieder zu Hause, Kommandant 96!« - erklärte der Navigator, Nr. 345.

»In zwölf Stunden landen wir wieder auf unserem Planeten Mausi!«

Der Kommandant 96 nickte und seufzte auf einmal ziemlich laut.

„So lange dauert's noch?"

Eigentlich wusste er es ja, wie lange es bis zur Landung dauern würde. Aber das half ihm auch nicht viel weiter, denn der Magen vom Kommandant 96 knurrte schon so laut, dass man ihn im ganzen Raumschiff hören konnte.

„Gibt es irgendwo hier in der Nähe noch einen Schnellimbiss oder einen Weltraumkiosk?" - fragte der Kommandant 96 seine Mäusecrew.

»Hier im Weltraum?«

»Nö, hier gibt es nichts!«

»Absolut nichts!« - antwortete der Navigator, Nr. 345.

Aber auch das wusste der Kommandant 96 leider nur zu gut.

„Ich habe aber trotzdem Hunger!" – schrie er und wurde langsam unleidlich.

Von alle dem bekam Bob und Susi auf der Erde nichts mehr mit. Sie machten es sich währenddessen in der Küche bequem und plünderten den Kühlschrank, um ausgiebig zu frühstücken.

„Ich werde garantiert verhungert sein, bis wir zu Hause auf Mausi sind!"

„Schaut mich doch mal an!"

„Ich bin nur noch Haut und Knochen!" – sprach der Kommandant 96 und wurde immer nörgeliger.

Er zog an seinem Fell, um zu zeigen, wie ernst es ihm war. Sein dicker Bauch half dabei allerdings nicht mit.

„Ist denn wirklich nichts mehr in unserer Bordküche?"

„He, Köchin und Maschinistin, Nr. 57, Du solltest Dich doch um den Proviant kümmern!?"

Die Köchin und Maschinistin, Nr. 57 schüttelte nur den Kopf und antwortete:

»Habe ich doch!«

»Ist alles verstaut!«

„Oh Mann!" – fluchte der Kommandant 96.

»Hier, ich kann dir einen kleinen Ring Fleischwurst anbieten!«

»Den habe ich mir von der Erde mitgenommen als Wegzehrung!«

Der Kommandant 96 nickte, lächelte, bekam große Augen und seufzte noch einmal so laut er nur konnte. Zufrieden schnitt sich der Kommandant 96 ein großes Rad von dem Ring Fleischwurst ab und begann es gierig zu verschlingen. Dann fiel sein Blick auf den großen Bildschirm vor sich, auf dem ihr Heimatplanet Mausi langsam immer größer wurde.

„Moment mal!"

Schnell stand der Kommandant 96 von seinem Kommandosessel auf und lief auf den Bildschirm zu. Dort zeigte er mit seiner rechten Pfote darauf.

„Wir sind ja schon da!?" – wunderte sich der Kommandant 96.

»Ja, ich habe mal den neuen Antrieb gestartet!«

„Neuer Antrieb?“

»Ja, ist eine Geheimsache, von oberster Stelle!«

„Waaas?“

»Ja, nur ich und die Mäuseregierung weiß Bescheid!«

„Ah ja!?“

„Na dann muss ich mal mit der Regierung ein ernstes Wörtchen reden!“

Er ging wieder zu seinem Kommandosessel zurück, setzte sich zufrieden hin und freute sich, wieder zuhause zu sein. Auch die Crew freute sich wieder sicher zuhause angekommen zu sein. Genüsslich streichelte sich der Kommandant 96 über seinen Bauch und schleckte sich über seine Lippen.

„Mhmm, das Rädchen Fleischwurst war echt lecker!“

„Also ihr Weltraummäuse, alles klar zur Landung!?“

»Ei,ei, Sir!«

Der Kommandant 96 steuerte das Raumschiff sicher zum Landeplatz auf ihrem Heimatplaneten Mausi. Als die Landung auf der Landeplattform erfolgte und der Antrieb ausgeschaltet wurde, öffneten sie die Raumschiffluke. Gleich danach fuhr die Rampe aus und alle fünf Weltraummäuse stiegen aus dem Schiff aus. Sie wurden von der dort ansässigen Mäuseregierung und allen anderen Mäusen herzlich empfangen und gefeiert. Besonders aber wurden sie vom Mäusepräsidenten Justus empfangen.

Vor versammelter Verwandtschaft erzählten sie ganz aufgeregt, was sie auf der Erde alles erlebt haben. Auch von Bob und Susi erzählten sie viele schöne und lustige Dinge.

Der Kommandant 96 machte einen sehr stolzen Eindruck über das erlebte. Besonders dass die Mäuse auf der Erde viel größer sind als auf ihrem Planeten hier, faszinierte den Kommandanten. Schließlich verkündete der Kommandant der Regierung, dass sich eine Umsiedlung zur Erde für alle lohnen würde…

*

Zur gleichen Zeit auf der Erde…

Bob und Susi hatten gerade ihr Frühstück beendet, als sie nochmal über das Geschehene mit den Weltraummäusen sprachen.

»Boah, ich habe gar nicht gewusst, dass ich Verwandtschaft habe, die so weit weg wohnt!«

„Tja, Susi, siehst mal!"

Noch am Frühstückstisch sitzend, wollte Susi wissen, was heute am Tag über so ansteht.

»Was machen wir denn heute schönes, Bob?«

„Hm?"

„Weiß nicht?"

„Hab irgendwie keinen Plan!"

„Hast Du ne' Idee?"

»Och hey, Bob, streng Dich mal etwas an!«

„Hm!"

»Hm?«

»Mehr fällt Dir nicht dazu ein?«

„Nur hm?"

„Nö!"

„Komm, gehen wir erst mal ins Wohnzimmer und flötsen uns auf der Couch!"

»Gute Idee, Bob!«

Sie gingen von der Küche gemeinsam ins Wohnzimmer hinüber. Susi rempelte mit ihrem Pfötchen Bob etwas zu grob an, sodass er im Gehen einfach seitlich umfiel.

„He, was soll das?"

„Aua!"

»Was ist denn?«

„Ich habe mir meinen Kopf eben am Boden aufgeschlagen!"

»Och, Bob, entschuldige, das wollte ich nicht!« - sprach Susi und konnte sich dabei das Lachen nicht verbeißen.

„Schon gut, ist ja nix passiert!"

Bob richtete sich wieder auf und hielt sich mit seiner rechten Pfote seinen Kopf. Beide gingen weiter zur Couch und setzten sich gemütlich darauf.

»Na, Bob, hast Du noch Aua?«

„Ja, mein Kopf brummt etwas!"

»Komm, Bob, ich hole dir eine Kopfwehtablette!?«

„Nee, lass mal, so schlimm ist es auch wieder nicht!"

»Gut, dann halt nicht!«

Bob und Susi blieben einen Moment lang nebeneinander ganz wortlos sitzen und überlegten, was sie an diesem Tag so unternehmen könnten. Aber ihnen fiel nichts ein. Plötzlich hüpfte Bob vom Stuhl herunter, um sich etwas zum Trinken zu holen. Als er am Boden ankam, brach er sich bei der Landung das rechte Bein.

„Aua!" – schrie Bob und blieb am Boden liegen.

„Das war wohl doch etwas zu hoch!" – sprach Bob mit schmerzverzerrtem Gesicht.

»Oh, nein, Bob!«

»Das Du einfach nicht aufpassen kannst!«

Susi war geschockt, denn Bob war schwerverletzt.

»Was soll ich denn jetzt nur machen?«

Susi, die sonst immer alles im Griff hatte und nie den Überblick über die Situation verlor, wirkte auf einmal richtig hilflos.

In diesem Moment kam zum Glück überraschend der Menschenfreund Jürgen zu Bob zu Besuch nach Hause. Susi öffnete freudig und erleichtert die Tür und führte ihn sofort in die Küche.

»Nichts anfassen!« - rief er kurz und knapp.

»Das hier ist ein Tatort!«

»Es dürfen keine Spuren zerstört werden!«

Bob und Susi schauten ihn etwas verwirrt an. Der Menschenfreund Jürgen schaut gerne Krimis, besonders die Rosenheim Cops und war in diesem Moment in äußerst kriminaler Stimmung. Denn als er in die Küche kam, sah er sich genau um. Jürgen stellte sich ganz nah vor Bob auf und schaute ihn fragend an.

»Was genau ist passiert?« - fragte Jürgen.

Bob drückte sich ein paar Tränen aus den Augen und zeigte dem Menschenfreund Jürgen mit der rechten Hand auf den Boden und seinem Fuß.

»Bob wurde beim herunterhüpfen vom Stuhl verletzt, und nun liegt er völlig hilflos auf dem Boden!« - sprach Susi.

„Tatsächlich, es hat Bob erwischt!" – murmelte Jürgen und rümpfte seine Nase.

Ihm fehlte das rechte Bein, dass ans andere Ende des Tisches auf dem Boden geschleudert wurde. Aus der großen Wunde war sein weiches Füllmaterial herausgerissen worden. Der Menschenfreund Jürgen hatte sofort einen Verdacht.

»Wo warst Du, Susi, als das mit Bob geschah?«

Susi stutzte ein wenig und antwortete mit zittrigem und etwas wütendem gepiepse:

»Was soll das denn heißen?«

»Du glaubst doch nicht, dass ich ihm das angetan hätte?!«

»Bob ist mein allerliebster Freund!«

Diese Erklärung schien dem Menschenfreund Jürgen zunächst zu genügen. Susi kletterte vom Stuhl hinunter und ging zum Küchenschrank. Dort zog Susi eine Lupe aus einer Küchenschublade heraus, kniete sich danach auf den Boden und sah sich den Boden um Bob herum ganz genau an, obwohl sie ja wusste wie es geschehen ist.

»Ich brauche mehr Licht, damit ich keine Spuren übersehe!« - sprach Susi und machte das Spiel mit.

Der Menschenfreund Jürgen holte aus einer anderen Küchenschublade eine Taschenlampe heraus und beleuchtete damit den Boden, sodass Susi ein gutes Sichtfeld hatte. Jürgen musste nun alles ordnungsgemäß beleuchten, während Susi genau den Boden absuchte.

»Ahaaa, ich habe eine Spur gefunden!« - rief Susi plötzlich triumphierend.

Sie hatte ein paar Fussel von Bobs Beinfüllung gefunden, die direkt unter dem Küchentisch auf dem Boden lagen.

»Das ist ja interessant. Guck mal, Jürgen, sie führen direkt unter die Küchenschränke!« - piepste Susi ganz aufgeregt.

Mit der Lupe krabbelte Susi der Spur nach und sammelte die Fussel. Jürgen lief ihr nach und beleuchtete alles, so gut er konnte. Auf den Bodenfliesen der Küche war die Spur noch deutlicher zu sehen, die sich aber von der Küche zu entfernen schien. Der Wind, der durch das offene Küchenfenster blies, verteilte Bobs Füllung durch die ganze Wohnung. Nach ein paar Metern verlief die Spur in das Wohnzimmer. Susi und Jürgen folgten der Spur und sammelten alle Fussel dabei ein, die sie fanden. Sie durchsuchten mehrere Ecken im Wohnzimmer, schauten auf das Sofa, auf den Boden und schließlich endete ihre Suche vor einem Fenster.

„So, das müsste alles sein!" – piepste Susi erleichtert.

Kaum wollten Jürgen und Susi wieder zu Bob zurück in die Küche, hüpfte Flora von Draußen auf die Fensterbank des offenen Fensters. Neugierig schaute sie ins Innere des Wohnzimmers und beobachtete die Beiden. Flora, war eine sehr schmusebedürftige Katze vom Nachbarn. Sie sprang immer durch das offene Küchenfenster oder auch manchmal das Wohnzimmerfenster bei Bobs Wohnung, um sich von Ihm ein paar Streicheleinheiten abzuholen.

Zögernd blieb die Katze auf der Fensterbank sitzen als sie plötzlich ins Zimmer auf den Boden sprang und das Fusselpaket neugierig anschaute, was Jürgen noch immer in seiner Hand hielt.

»Das ist nix für Dich, Flora!« - rief Jürgen in einem sehr energischen Ton und drohte Flora mit seinem rechten Zeigefinger.

Die Katze wusste sofort, dass das nix für sie war und machte wiederkehrt. Langsam schlich sie sich zum Fenster, sprang auf die Fensterbank und anschließend wieder nach Draußen.

»Fall gelöst, da staunst du, was?« - sprach Jürgen ganz stolz.

»Aber wer macht Bob jetzt wieder gesund?« - fragte Susi.

Der Menschenfreund Jürgen überlegte kurz.

„Nichts leichter als das, Susi. Hast Du vielleicht einen Verbandskasten?"

»Ja, im Schlafzimmer!« - antwortete Susi.

„Na, Susi, dann hole ihn mal bitte!"

»OK, Jürgen, Moment!«

Susi verschwand kurz aus dem Wohnzimmer, durchwühlte im Schlafzimmer die Nachttischschränke und kam mit einem kleinen Verbandskasten wieder zurück ins Wohnzimmer.

„Das ist nun eine Aufgabe für den Doktor Jürgen!"

Der Menschenfreund nahm Susi das abgetrennte Bein ab und nahm noch den restlichen Füllstoff, und machte sich auf den Weg zu Bob.

„Aus dem Weg, Doktor Jürgen muss eine Notoperation machen!" – rief er laut vor sich her und eilte zu Bob.

Schnell suchte Susi noch das restliche herausgefallene Füllmaterial zusammen und gab es dem Menschenfreund Jürgen. Er steckte das Füllmaterial wieder sorgfältig in Bobs rechtes Bein zurück.

Nachdem der Füllstoff nun wieder in seinem Bein war, machte sich Jürgen an die Arbeit und nähte Bobs Bein wieder an. Ein Härtetest, mit Jürgens Daumen und Zeigefinger der rechten Hand sollte zeigen, ob die Füllung gleichmäßig verteilt wurde und mit dem linken Bein übereinstimmte.

„So, Beinmuskulatur ist wieder Gleichhart!" – sprach Jürgen zufrieden.

»Danke, lieber Menschenfreund, dass Du mir geholfen hast!«

„Nix zu danken, Bob, das habe ich gerne gemacht, aber Du musst schon zukünftig aufpassen!"

»Du, Jürgen, ich habe schon geglaubt, Susi und ich können nicht auf das Seminar gehen, wo wir uns schon angemeldet haben!«

„Ach Bob, ruhe Dich einen Tag aus, dann bist Du wieder voll fit!"

»Gut, Jürgen, das mache ich doch glatt!«

„OK, Bob, dann gehe ich jetzt wieder nach Hause und lasse Euch beiden jetzt erst einmal in Ruhe!"

Jürgen machte nach der erfolgreichen Operation den Verbandskasten wieder zu und räumte ihn noch schnell weg.

„He, Susi, wo lag nochmal der Verbandskasten?"

»Im Schlafzimmer, Jürgen, im rechten Nachtschränkchen!« – antwortete Susi erleichtert.

„Ok, danke, Susi!"

Jürgen legte den Verbandskasten zurück in das Nachtschränkchen und wünschte Bob noch eine gute Besserung. Danach verabschiedete er sich von Bob und Susi und ging wieder nach Hause.

***

Kapitel 4

Nachdem Susis Verwandtschaft sich wieder auf den Heimweg gemacht hatte und Bobs rechtes Bein wieder voll genesen war, kam auch schon am nächsten Tag die lang ersehnte Anmeldebestätigung für das Seminar „Qualifizierung Selbsthilfe" per Post.

Das zweitägige Seminar wurde auf einen Freitag und Samstag im Mai des Jahres gelegt. Also zwei Tage lang Informationen rund um das Thema Selbsthilfe. Neugierig öffnete Bob den Brief.

„Guck mal Susi, wir haben eine Zusage bekommen für das Seminar!" – freute sich Bob.

„Hey, Susi, ob wir da auch wieder die einzigen Stofftiere sind, wie damals in Herbstein?"

»Hm, Bob, das glaube ich schon, aber das macht doch nix, oder?!«

»In Herbstein war es doch mit den vielen Menschen sehr schön!«

„Das stimmt allerdings, Susi!"

Bob schwieg einen Moment und überlegte dabei.

„Vor allem die Knuddlerei mit den Menschenfrauen war besonders schön!" – flüsterte Bob in Susis Richtung und lächelte dabei etwas verschmitzt.

»Jaja, Bob, Du und die Menschenfrauen!«

„Tja, die stehen halt auf süße Bärchen!"

»Ui, Bob, jetzt haust Du aber wieder auf den Putz!«

„Immer doch!" – antwortete Bob und schmunzelte.

„Aber mal was anderes, wie kommen wir denn nach Königswinter, Susi?"

»Wir fahren mit unserem Menschenfreund Jürgen, der dort doch den Workshop Nr.4 moderiert!«

»Das ist alles schon geklärt, Bob!«

„Prima Susi, Du bist echt eine süße Maus, dass Du daran gedacht hast!"

»Na logisch!« – antwortete Susi und lächelte.

„Wir sind schon ein großartiges Team!" – sprach Bob und war sehr stolz auf seine Susi.

»Stimmt, Bob!«

Ein paar Tage später war es dann auch schon so weit. Der Tag des Seminares näherte sich in großen Schritten.

Am Freitagmorgen um 6.00 Uhr holte der Menschenfreund Bob und Susi von Bobs Wohnung ab. Beide waren schon sehr aufgeregt. Der Menschenfreund Jürgen verstaute ihr Gepäck im Kofferraum seines Autos. Bob und Susi setzten sich inzwischen auf den Beifahrersitz seines Autos und schnallten sich an. Nach kurzer Zeit startete

der Menschenfreund den Motor und sie fuhren los. Bob und Susi waren immer noch mächtig aufgeregt. Susi piepste die ganze Zeit mit Bob, während Bob zu Susi die ganze Zeit als Antwort brummte.

Ja, das war schon eine merkwürdige Kommunikation zwischen den Beiden, aber immerhin verstanden sie sich gut. Nach rund 90 Minuten Autofahrt kamen alle am Bildungszentrum an.

Das Glück war ihnen hold. Denn der Menschenfreund Jürgen konnte sein Auto direkt vor dem Eingang parken, sodass sie es nicht weit zu Fuß hatten. Bob und Susi schnallten sich ab und hüpften aus dem Auto. Vor dem Eingang stand ein großer Stein, der Bob anlockte. Susi und Bob gingen zu dem Stein hinüber, hüpften auf ihn, setzen sich darauf und schauten dem Menschenfreund frech zu, wie er das Gepäck aus dem Auto ausräumte.

Als Jürgen mit dem Gepäck vollbeladen an den Beiden vorbeilief, schauten Bob und Susi ihm nach.

„Komm, lass uns hinter ihm hergehen!" – rief Bob zu Susi.

»Ok!«

Kurz darauf hüpften sie wieder vom Stein herunter und folgten ihm zur Rezeption. Hastig eilten sie ihm mit ihren kurzen Beinchen nach. Sie gingen durch die automatische Schiebetür hindurch und waren auch schon an der Rezeption angekommen. Bob war sehr neugierig und kletterte sofort auf den Tresen der Rezeption, während Jürgen mit der Rezeptionistin sprach und eincheckte. Stolz saß Bob auf dem Tresen und beobachtete das Geschehen. Als er Susi am Boden sitzen sah, rief er vom Tresen zu Susi herunter:

„Ui, Susi, schau mal, da ist ja ein Monitor, der uns begrüßt!"

»Ach Bob, die machen das doch nicht extra wegen uns!« – erwiderte Susi vom Boden aus.

„Schade, na, dann halt nicht!" – sprach Bob etwas enttäuscht.

Bob kletterte wieder vom Tresen herunter und stand wieder neben Susi auf dem Boden. Beide schauten gespannt nach oben in Richtung des Tresens, wo der Menschenfreund Jürgen inzwischen den Zimmerschlüssel entgegennahm.

„Boah, Susi, um neun Uhr ist schon die Begrüßung!" – stöhnte Bob.

»Ja, Bob, aber wir haben noch etwas Zeit!«

Der Menschenfreund Jürgen, Bob und Susi gingen erst mal auf ihr Zimmer und stellten ihr Gepäck ab. Im Zimmer angekommen, schauten sie sich erst mal etwas um. Bob und Susi sollten auf der Couch schlafen, während für Jürgen ein großes Doppelbett zur Verfügung stand.

„Hm, noch zehn Minuten bis zum Seminaranfang!" – murmelte der Menschenfreund Jürgen vor sich her.

„Hallo Bob, hallo Susi, wir müssen langsam zum Seminarraum gehen!" – rief Jürgen etwas energisch.

Bob und Susi tobten währenddessen im Zimmer herum und machten jede Menge Unfug, sodass sie Jürgens Rufe erst nicht hörten.

„Hallo ihr Beiden!" – rief Jürgen etwas lauter.

»Ja, was ist? Müssen wir schon los?« - fragte Susi.

„Ja, es wird höchste Zeit!" – sprach Jürgen und sie machten sich auf den Weg zum Seminarraum.

Kurz darauf trafen sie in dem Raum ein, wo die Begrüßung stattfinden sollte. Inzwischen waren auch schon die anderen Teilnehmer anwesend, sodass pünktlich das Seminar anfangen konnte.

„Schade, Susi!"

»Schade? Was denn Bob«

„Na, Susi, es sind wieder nur Menschenfrauen und Menschenmänner da!"

»Stimmt, ist das Schlimm, Bob?«

„Nö, dass nicht, aber es wäre mal schön gewesen, sich mit anderen Stofftieren auszutauschen!"

Kaum war das Gespräch zwischen Bob und Susi beendet, betraten schon die Veranstalter den Seminarraum und begrüßten die Seminarteilnehmer. Bob und Susi wurden besonders liebevoll begrüßt, da sie als Stofftiere doch bisher einmalig waren für solch ein Seminar, was Bob und Susi sehr freute.

Kurz darauf wurden dann auch schon die Seminarteilnehmer den Seminaren und den Seminarräumen zugeteilt. Bob und Susi hatten Glück gehabt. Sie mussten den Raum nicht verlassen, da der Workshop 1 nach der Begrüßung dort begann. Gespannt warteten Bob und Susi auf den Referenten, der den Workshop Nr.1 moderierte.

„Was war nochmal der Inhalt des Workshops Nr.1?" – fragte Bob seine Susi.

»Na, Grundlagen zur Gründung einer Selbsthilfegruppe!« - antwortete sie.

„Ahja, stimmt!" – erwiderte Bob und war schon mächtig gespannt.

Der Referent begann pünktlich mit seinem Vortrag über die rechtlichen Grundlagen, die man beachten muss, oder Ansprüche an Kostenträger geltend machen kann. Weiterhin wurden den Teilnehmern erklärt, welche Möglichkeiten es gibt, die Finanzierung der Selbsthilfegruppe zu ermöglichen.

Nach drei Stunden kam dann die Mittagspause.

„Püh, Susi, dass war ja jede Menge Stoff für den Anfang!" – stöhnte Bob und freute sich auf das Mittagessen.

»Keine Sorge, Bob, ich habe alles wichtige notiert!«

»Außerdem bekommen wir ja noch am Ende des Seminares Schulungsunterlagen überreicht.«

„Na, dann bin ich ja froh, Susi!"

Dann verließen Bob und Susi mit den anderen Teilnehmern den Seminarraum. Zwei Stunden

Mittagspause hatten die Teilnehmer zur Verfügung, um zu essen und sich etwas auszuruhen. Zunächst aber gingen Bob und Susi mit den anderen Seminarteilnehmern zum gemeinsamen Mittagessen. Nach einer Weile stöhnte Bob…

„Boah, Susi, bin ich satt!"

»Ich auch, Bob!«

„Komm, lass uns eine Runde spazieren gehen!?"

»Prima Idee, Bob!«

Sie verließen das Restaurant und gingen nach draußen ins Freie. Dort sahen sie einen Baum, der ihr Interesse weckte. Sie gingen zum Baum hinüber und kletterten ihn hoch.

Oben angekommen setzten sie sich hin und genossen den Ausblick.

„Boah, Susi, guck mal, da ist ja der Rhein!"

„So viele riesige Schiffe fahren da!"

»Oh ja, Bob, hier hat man echt eine schöne Aussicht!«

Eine gute halbe Stunde saßen sie schweigend in der Baumkrone und beobachteten den Schiffsverkehr auf dem Rhein.

»So, Bob, es geht gleich weiter mit dem Workshop Nr. 2!«

»Lass uns wieder zurück gehen!«

„Och, schon?"

»Ja, Bob, aber wir können ja später nochmal hier her gehen!«

„Au fein, das machen wir!"

Bob und Susi kletterten wieder vorsichtig den Baum hinunter und gingen zügig zum Seminarraum zurück. Dort saßen schon alle anderen Teilnehmer bereits auf ihren Plätzen, bis auf Bob und Susi.

„Wir sind da!" – rief Bob frech in den Raum hinein, während sie ihre Plätze aufsuchten.

Der Referent musste etwas schmunzeln, als er das hörte und begann sofort mit dem Workshop Nr.2.

Um 18.00 Uhr war der erste Schulungstag beendet. Nun sollte das gemeinsame Abendessen folgen. Auf dem Weg dorthin machten sich doch etwas die Anstrengungen bei Bob bemerkbar, denn er wurde doch etwas müde.

„Boah, Susi, war das ein anstrengender Tag für mich!"

»Ja, Bob, für mich auch, aber so viele interessante Informationen, die wir bis jetzt bekommen haben!«

„Mir raucht die Birne, Susi!"

„Man merkt doch, dass ich noch nicht ganz gesund bin!"

»So schnell geht das auch nicht, Bob!«

»Komm, lass uns erst mal was essen gehen!«

„Okidoki, gute Idee, Susi!"

Sie gingen ins Restaurant und setzten sich an den Tisch zu den anderen Seminarteilnehmern und aßen sich satt.

„Boah, Susi, ich platze gleich!"

»Ui, Bob, da hilft nur etwas Sport!«

„Hä?"

»Ja, Bob, Baumstamm klettern zum Beispiel!«

»Du wolltest Dir doch nochmal den Rhein anschauen!?«

„Och nö, Susi, zu faul, lass uns lieber etwas spazieren gehen!"

»Ach, Bob, du fauler Sack!«

Susi schaute Bob an und musste plötzlich Schmunzeln.

»Also, gut, Bob, weil Du es bist!« - antwortete Susi und gab nach.

Zum gemeinsamen Tagesausklang trafen sich um 20.00 Uhr alle Teilnehmer in der Hotelbar. Dort bestand die Möglichkeit sich nochmal über das Beigebrachte zu unterhalten oder einfach nur Kontakte zu knüpfen. Bis dahin war aber noch eine

Stunde Zeit. Bob und Susi nutzten die Zeit und machten einen kleinen Spaziergang auf dem Gelände der Bildungsstätte, die direkt am Rheinufer lag und nur durch einen Radweg vom Rhein getrennt war.

„Boah Susi, guck mal, da können wir mal etwas klettern!"

Bob zeigte mit seiner rechten Tatze in Richtung einer Steinsäulenreihe.

»Cool, Bob, das machen wir!«

Zügig gingen sie darauf zu, kletterten hinauf und genossen den Ausblick auf den Rhein.

„Ach ist das schön hier oben!"

»Ja, Bob, das war eine gute Idee von Dir!«

Einen Moment verweilten sie noch auf den Steinsäulen, die durch die Sonne schön aufgewärmt waren. Dabei wanderte ihr Blick stets auf den schönen Rhein und beobachteten die vielen Frachtschiffe und Personenschiffe, die Stromaufwärts und Stromabwärts fuhren.

»Hey, Bob, guck mal, da drüben steht ein schöner Stuhl!«

»Da könnten wir uns mal hinsetzen, was meinst Du dazu?«

„Och ja, Bob, ich bin dabei!" – antwortete Susi.

Bob und Susi kletterten die Steinsäulen wieder hinunter und gingen in Richtung des Stuhles. Dabei kamen sie an einer Steinformation vorbei, wo ein Stein aussah wie der Zuckerhut in Rio.

„Komm Susi, lass uns da mal hinaufklettern!"

»Och nö, Bob, schon wieder?«

»Na, gut, aber ich nehme den niedrigen Stein!«

Beide gingen zu der Steinformation und kletterten jeweils auf einen Stein hinauf.

„Püh, geschafft, 200 Kalorien weg!" – stöhnte Bob.

»Hä? Niemals!« – sprach Susi und lachte.

Rund fünf Minuten blieben beide auf den Steinen sitzen, denn sie waren durch die Sonne gut aufgewärmt.

„Ach, Susi, wie schön ist es hier!" – seufzte Bob.

„Ich möchte eigentlich gar nicht mehr nach Hause fahren!"

»Ja, Bob, das stimmt, aber Zuhause ist es doch auch schön!?«

„Hast ja recht, Susi, aber nicht so schön wie hier!"

Bob und Susi genossen sichtlich den Ausblick und die Ruhe, die sie umgab. Kurz darauf kletterten sie wieder hinunter, gingen weiter in Richtung des Restaurants und näherten sich dem Stuhl. Kaum waren sie dort, begann Bob den Stuhl hinaufzuklettern und setzte sich hin. Susi folgte ihm und setzte sich neben ihn hin.

»Also Bob, so nimmst du aber nicht ab, wenn du dich ständig hinsetzt!« – frotzelte Susi.

„Pfffff, will ich ja auch gar nicht!" – frotzelte Bob zurück und lachte dabei.

»Komm, Bob, es ist Zeit, gehen wir zu den anderen in die Hotelbar!«

„Och schon?"

»Ja, Bob, jetzt komm endlich!«

Beide hüpften vom Stuhl herunter und machten sich auf den Weg zur Hotelbar. Als sie dort ankamen war jedoch keiner von den Seminarteilnehmern da.

„Nanu, wo sind die denn alle?" – wunderte sich Bob.

Susi schaute sich etwas um und sah sie dann sitzen.

»Guck mal, Bob, die sitzen alle draußen auf der Terrasse im Freien!«

„Ahja, cool!"

Bob und Susi machten sich auf den Weg zur Terrasse. Dort angekommen, kletterten sie auf den Tisch und begrüßten alle Teilnehmer.

„Hallo Bob und Susi!" – schallte es aus allen Richtungen.

Sichtlich angetan von der herzlichen Begrüßung verweilten Bob und Susi bis spät in die Nacht bei den Seminarteilnehmern und lauschten den Gesprächen. Nach der anregenden Kommunikation mit dem Referenten und einiger Seminarteilnehmern und von dem anstrengenden Tag wurde Bob doch nun sehr müde. Auch Susi waren die Spuren des Tages anzusehen.

„Hey Susi, komm lass uns ins Bettchen gehen, ich bin so müde!"

»Gut, Bob, Du hast es heute eh sehr lange ausgehalten!«

Beide standen vom Tisch auf und begaben sich zur Tischkante.

„Tschüüüüß und gute Nacht ihr alle!" - rief Bob ganz laut.

»Bis morgen früh und ebenfalls gute Nacht!« – hallte es im Kanon von den Teilnehmern zurück.

„Hey, Susi, das sind doch alles liebe Menschen, findest Du nicht auch?"

»Ja, Bob, die sind alle so nett und lieb zu uns!«

Bob und Susi hüpften vom Tisch herunter auf den Boden und verließen zügig die Terrasse. Gemeinsam gingen sie ins Zimmer. Dort angekommen, hüpfte Bob sofort auf die Couch. Wie ein nasser Sack fiel er nach hinten um an die Rückenlehne der Couch. Kaum lag er, fing er auch schon zu Brummeln an.

»Na toll, typisch Bob, hält mich jetzt die ganze Nacht wieder wach!« - schimpfte Susi.

Kurz darauf hüpfte auch Susi auf die Couch und legte sich so weit weg von ihm wie möglich, aber es half nichts. Sie konnte seinem Brummeln nicht entkommen. Auch bei ihr kamen die Spuren des anstrengenden Tages zum Vorschein. So dauerte es nicht lange, dass auch Susi erschöpft nach hinten auf die Couch fiel. Als sie sich nach kurzer Zeit an Bobs Brummeln gewöhnte, schlich sie sich mit letzter Kraft zu Bob und kuschelte sich ganz sanft an ihn, bevor auch sie ganz fest einschlief.

Am nächsten Morgen, es wurde gerade 8.00 Uhr, wachte Bob und Susi wieder auf. Beide streckten und reckten sich genüsslich.

„Ahhh, das tat gut!" – flüsterte Bob.

»Gut geschlafen, Bob?«

„Jaaaa, Susi, und Du?"

»Auch gut, Bob!«

„Komm, lass uns zum Frühstücken gehen, ich habe bärenstarken Hunger!"

»OK, Bob, ich komme gleich!«

Auf dem Weg zum Restaurant kamen sie wieder an der Rezeption vorbei. Bob konnte es einfach nicht lassen und kletterte wieder auf den Tresen hinauf. Dort stand der Monitor, der seine täglichen Begrüßungen der Gäste anzeigte. Diesmal aber wurde etwas anderes angezeigt, nämlich die Seminarräume mit den entsprechenden Veranstaltungen.

„Guck mal Susi, da wird unser Seminar angezeigt!"

Susi ging am Boden etwas zurück, sodass sie Bob gut sehen konnte.

»Hey, Bob, pass auf, dass du nicht runterfällst!«

„Keine Angst, Susi, da pass ich schon auf!"

Kaum hatte Bob das gesagt, kletterte er auch schon wieder vom Tresen hinunter und stand flux neben Susi. Beide gingen ins Restaurant und stärkten sich für den Workshop Nr. 3, der in fünfundvierzig Minuten begann, also pünktlich um neun Uhr.

„So, Susi, Bäuchlein gefüllt und Akku aufgeladen!"

»Das ist gut, Bob, ich auch!«

»Na, dann lass uns mal zum Seminarraum gehen!«

„Okidoki, Susi!"

Beide verließen das Restaurant und gingen zum Seminarraum. Dort nahmen sie ihre Plätze ein und warteten geduldig. Diesmal waren sie nicht die letzten. Nach etwa fünf Minuten Verzögerung begann der Workshop Nr. 3.

Äußerst gespannt und hochaufmerksam verfolgten Bob und Susi die Seminarinhalte. Dadurch verging sehr schnell die Zeit und es näherte sich wieder die Mittagspause.

„Püh, das war ja wieder voll interessant, Susi, hast Du alles wichtige mitgeschrieben?"

»Klar, Bob, außerdem haben wir ja noch die Schulungsunterlagen!«

„Stimmt, Susi, gar nicht mehr dran gedacht!"

»Bin ja mal gespannt Bob, wie Dein Menschenfreund Jürgen den Workshop Nr. 4 moderiert!«

„Ich auch, Susi!"

Alle Seminarteilnehmer verließen den Seminarraum und gingen gemeinsam zum Mittagessen. Bob und Susi schlossen sich den Teilnehmern an. Nach einer Weile waren alle satt und gut gestärkt für den letzten Workshop. Zuvor jedoch hatten die Teilnehmer noch eine dreiviertel Stunde Zeit, sich die Zeit bei dem schönen Wetter zu vertreiben. Natürlich nutzten das Bob und Susi aus und gingen auf Klettertour, um ein paar Kalorien zu verbrennen. Also gingen sie nochmal zur Steinformation, kletterten hinauf und genossen die Aussicht.

„Juhu Susi, du bist so ruhig?"

„Schläfst Du?"

»Nä, habe eben nur mal kurz nachgedacht.«

„So, über was denn?"

»Na, wie wir das ganze umsetzen wollen!«

»Aber warten wir erst mal den Workshop 4 ab!«

„Du, Susi, ich glaube wir müssen langsam los!"

„Guck, mal, da sind schon einige Teilnehmer unterwegs zum Seminarraum!"

»Gut, Bob, machen wir uns auch auf den Weg!«

Beide kletterten von dem großen Stein herunter und begaben sich auf den Weg zum Seminarraum.

Dort angekommen, staunten Bob und Susi nicht schlecht, da alle Teilnehmer schon auf ihren Plätzen saßen.

„Püh, gerade mal pünktlich geschafft!"

»Ja, Bob, Glück gehabt!«

Kaum waren Bob und Susi an ihrem Platz angekommen, begann ihr Menschenfreund Jürgen schon mit seinem Vortrag und der Präsentation. Gespannt verfolgten die Teilnehmer seinen Worten.

Plötzlich kam Bob auf die Idee, sich direkt nach vorn zu begeben. Er wollte zu seinem Menschenfreund Jürgen, sich auf den Tisch setzen und alles von der Nähe betrachten.

„Komm, Susi, lass uns nach vorne gehen!"

»Hä?«

„Na komm, Susi, wir setzen uns direkt nach vorn auf den Tisch zu unserem Menschenfreund Jürgen!"

Susi war sehr überrascht über Bobs Vorhaben und musste etwas schmunzeln. Einen Moment zögerte sie noch, folgte ihm aber kurz darauf ohne Worte.

Besonders aufmerksam lauschten Bob und Susi seinen Worten, während sie sich langsam und leise dem Tisch näherten und ihn hinaufkletterten.

Vorsichtig und langsam setzten sie sich auf die Tischplatte hin und lauschten seinen Worten. Inzwischen ließ bei Bob etwas die Aufmerksamkeit nach. Der vorhergehende Workshop forderte bei ihm seinen Tribut. Bobs Konzentration ließ allmählich nach und es stellte sich langsam ein Erschöpfungszustand bei ihm ein. Obwohl der Workshop sehr informativ und interessant war, wurde Bob immer müder, sodass er überhaupt nicht mehr aufnahmefähig war.

Aber zum Glück war ja Susi bei ihm. Denn auch hier ging die Zeit sehr schnell vorbei und das Seminar näherte sich dem Ende.

Nachdem ihr Menschenfreund Jürgen seinen Workshop beendet hatte, erfolgte noch die offizielle Verabschiedung. Das Seminar war zu Ende gegangen.

Der Menschenfreund Jürgen packte seine Sachen, und checkte aus dem Hotel aus. Gleiches taten auch Bob und Susi. Hastig packten sie ihre kleinen Rucksäcke, nahmen ihre Schulungsunterlagen mit und checkten ebenfalls aus.

Anschließend gingen sie gemeinsam zum Auto, verstauten das Gepäck, stiegen ein und setzten sich auf ihre Plätze.

So kam es, dass sich Bob und Susi auf den Beifahrersitz des Autos setzten und sich anschnallten.

Auch der Menschenfreund Jürgen stieg ein, startete den Motor und fuhr langsam los. Es dauerte nicht lange, bis Bob während der Fahrt einschlief. Das monotone Motorengeräusch tat sein Übriges. Auch Susi schlief wenig später ein. Beide verschliefen so die ganze Heimfahrt. Nach zügiger Fahrt kamen sie sicher Zuhause an. Der Menschenfreund Jürgen wollte die Beiden aufwecken, die immer noch im Land der Träume abgetaucht waren.

„Juhu, Aufwachen, wir sind zuhause!" – rief Jürgen mit lauter Stimme.

»Äh, ja, was ist los?« – fragte Bob und Susi noch ganz verschlafen.

„Wir sind zuhause, ihr müsst aussteigen!"

Jürgen setzte zuerst Bob und Susi vor Bobs Wohnung ab. Von ihrem Tiefschlaf wieder zurück in der realen Welt angekommen, verabschiedeten sich Bob und Susi von ihrem Menschenfreund und bedankten sich noch für alles. Dann stiegen sie aus dem Auto aus und Jürgen setzte seine Fahrt zu sich nach Hause weiter fort. Alle erholten sich von dem ganzen Stress und ließen den Tag in aller Ruhe ausklingen.

***

Kapitel 5

Während Bob und Susi an dem Seminar teilnahmen, beschloss Benny, allein etwas zu unternehmen. Obwohl er mächtig darüber nachdachte, fiel ihm aber zunächst nichts Gescheites ein. Dabei sollte es doch nur ein kleiner Ausflug werden, nur mal so für ein oder zwei Tage. Denn für weite Strecken hatte er einfach keine Lust gehabt. Also nahm sich Benny vor, einen Ausflug in den Norden von Darmstadt zu machen.

»Bei dem schönen Wetter könnte ich eigentlich mal an irgendeinen einen See gehen und etwas im Wasser plantschen?« – dachte sich Benny und fand die Idee gut.

Also machte er sich auf den Weg zum nahe gelegenen Bretanosee. Benny verließ seine Wohnung und ging schnurstracks zum See, der nur wenige hundert Meter weit weg war. Natürlich war der Weg für so ein kleines Bärchen eine Mammutaufgabe, aber Benny war ja stark.

Seinen kleinen Rucksack nahm er sicherheitshalber mal mit, damit er dort auch im Notfall Übernachten konnte. Zum Glück waren keine Menschenkinder, Hunde oder Katzen unterwegs, vor denen sich Benny immer in Acht nehmen musste.

Es dauerte nicht lange, bis Benny den See erreichte. Dort angekommen hüpfte er erst mal auf eine Bank und ruht sich aus. Dabei schaute er sich den See genau an. An dem einen Ende war ein kleiner Bach.

»Aha, das ist wohl der Rutsenbach, der den See speist?« – dachte sich Benny und machte es sich auf der Bank so richtig gemütlich.

Als Benny so auf der Bank saß und seine Blicke umherschweifen ließ, fiel ihm plötzlich ein seltsamer Vogel auf, der nicht weit weg von ihm, auf einer steinernen Säule saß und sich überhaupt nicht rührte. Benny kam das irgendwie seltsam vor.

»Hm, was ist das denn für ein merkwürdiger Vogel?« – dachte sich Benny und beschloss, sich das mal von der Nähe zu betrachten.

Also hüpfte Bob von der Bank wieder hinunter und ging vorsichtig auf die Steinsäule zu. Als er davorstand, schaute er nach oben zum Vogel, der sich immer noch nicht rührte.

»Hm, komisch!« – dachte Benny und nahm sich vor, die Steinsäule hinaufzuklettern. Er krabbelte sie langsam hinauf und war plötzlich direkt vor dem Vogel angekommen.

»Hallo, Du da, wer bist Du denn?« – sprach Benny zum Vogel. Als dieser immer noch nicht antwortete, hüpfte Benny auf den Vogel drauf.

Es war ein metallener Vogel in der Größe einer Amsel.

»He, Du, kannst Du fliegen?« – fragte er den Vogel, aber er rührte sich immer noch nicht.

»Hallo, Vogel, ich rede mit Dir!«

Aber immer noch gab er keinen Laut von sich und rührte sich immer noch nicht.

»Hm, ob der mich nicht mag?« - murmelte Benny.

Benny schaukelte noch etwas auf dem Rücken des Vogels hin und her, aber auch das hatte keine Auswirkungen.

»Na, dann halt nicht!«

Während Bob und Susi inzwischen von dem anstrengenden Seminar wieder zuhause angekommen waren und sich davon erholten, war Benny immer noch unterwegs auf seinen kleinen Ausflug. Er beschäftigte sich weiterhin hartnäckig mit dem Vogel.

»Och, hey, flieg doch mal mit mir!?« - flüsterte Benny in des Vogels rechtes Ohr.

Benny wurde langsam etwas traurig, weil der Vogel immer noch nicht reagierte. Trotzig klopfte Benny mit seiner Pfote auf den Kopf des Vogels. Ein blechernes und hohles Scheppern folgte daraufhin. Als noch immer keine Reaktion kam, beschloss er, wieder vom Vogel herunterzusteigen.

»Blödes Vieh!« – flüsterte er vor sich her, während er die Steinsäule wieder vorsichtig herunterkletterte und am Boden ankam. Etwas enttäuscht, setzte Benny seinen Rundgang um den Brentanosee fort, als plötzlich dunkle Wolken am Himmel aufzogen und die Sonne sich hinter den Wolken versteckte.

»Ui, ein Gewitter ist wohl im Anmarsch!«

»Da trete ich doch lieber gleich den nach Hause Weg an!«

Benny mochte es nämlich überhaupt nicht gerne, wenn sein schönes weiches Fell und seine Sachen von den riesigen Regentropfen ganz nass wurden. Außerdem tat es manchmal weh, wenn so ein großer Tropfen auf Bennys Kopf fiel. Also begab er sich wieder schnellst möglichst auf den Heimweg. Es dauerte nicht sehr lange, als Benny den See wieder verlassen hatte.

»Schade, nix war es mit plantschen gehen im See!« - murmelte Benny während des Gehens vor sich her.

Nach einer Weile und mit stetigen vorsichtigen Blicken auf Menschenkinder kam er an die breite Verkehrsstraße, die den See von Bennys Wohnhaus trennte. Auch hier musste Benny sehr aufpassen, dass er nicht versehentlich von einem großen Menschenauto oder einem Fahrrad erfasst wird.

Ständig schaute er am Straßenrand im Wechselspiel nach rechts und nach links. So lange bis kein Auto, keine Bobbycars, keine Fahrräder oder sonstige Fahrzeuge kamen, die für ihn gefährlich wurden. Als endlich die Straße frei war, rannte Benny los und überquerte problemlos die Straße.

»Püh, endlich auf der anderen Seite angekommen!«

»Wird ja mal Zeit, dass die hier eine Bärchenampel aufstellen!«

»Wenn es in Emden schon bald eine Ottifantenampel gibt, dann kann es doch auch hier Bärchenampeln geben?« – dachte sich Benny.

Etwas aus der Puste gekommen, setzte Benny seinen Weg nach Hause fort. Auf den wenigen Metern, die ihm noch zum Laufen blieben, musste er an Bob und Susi denken.

»Ob die Beiden jetzt wohl schon wieder vom Seminar zuhause sind?«

»Eigentlich könnte ich sie ja mal anrufen und fragen, wenn ich wieder zuhause bin!?« - dachte sich Benny.

So dauerte es auch nur noch wenige Minuten, bis er vor seiner Haustür stand. Kaum hatte Benny die Haustür aufgemacht, fing es auch schon mächtig an zu regnen.

»Boah, Glück gehabt!« – stöhnte Benny, als er ins Haus hinein ging und kurz darauf seine Wohnungstür öffnete.

»Endlich zuhause!«

Benny machte die Wohnungstür hinter sich zu. Kaum war er in seiner Wohnung, ging er direkt und ohne Umwege zum Schlafzimmer. Benny, doch etwas müde geworden, legte sich auf sein Bettchen, schlüpfte in seine Kuschelecke und legte sich erst einmal eine halbe Stunde hin zum Schlafen. Es dauerte nicht lange, bis Benny in das Land der Träume abtauchte.

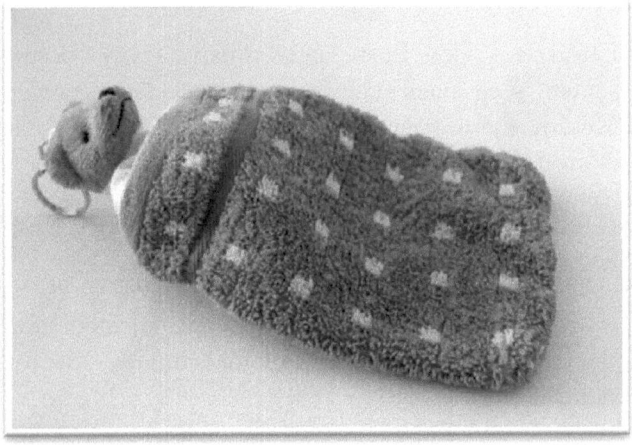

Als er einige Zeit später wieder aufwachte, kam ihm die Idee, seinen Freund Bob anzurufen…

***

Kapitel 6

Das Seminar war nun vorbei. Bob und Susi sind inzwischen wieder vom Menschenmann Jürgen sicher heimgebracht worden. Sofort, nach der Ankunft zuhause, gingen Bob und Susi ins Wohnzimmer und legten sich erst einmal auf ein Sofa, um sich etwas auszuruhen.

Rund drei Stunden später klingelte Bobs Telefon. Bob nahm das Telefon in die Hand und fragte, wer dran sei.

„Hallo?"

»Hallo Bob, ich bin es, Benny, seid ihr wieder zuhause?«

„Ja, Benny, wir sind vor ungefähr drei Stunden nach Hause gekommen!"

»Cool, wie war es?«

„Ganz schön anstrengend, aber schön!"

„Man merkt aber noch meine Handycaps!"

»Hä? Handycap?«

»Wie meinst Du das, Bob?«

„Na, Benny, für mich war das Seminar sehr anstrengend!"

»Anstrengend?«

„Ja, ich habe mir leider nicht alles merken können, durch meine Gedächtnisprobleme!"

„Aber zum Glück war ja Susi dabei und außerdem gab es ja Schulungsunterlagen, wo man nochmal alles nachlesen kann!"

»Und, wie war es sonst so?«

„Sehr schön, Benny, besonders abends, wenn die Workshops vorbei waren, saßen wir oft zusammen und tauschten unsere Erfahrungen aus!"

„Da waren viele liebe Menschenfrauen und Menschenmänner dabei, mit denen man sich sehr gut unterhalten konnte!"

»Und Susi?«

„Susi war immer an meiner Seite, passte gut auf mich auf und unterstütze mich jederzeit!"

»Hey, Bob, das ist ja prima!«

„Ja, Benny, ohne Susi hätte ich das alles vergessen können!"

„Sie ist schon ein echter Schatz!"

»Wo ist eigentlich Susi, Bob?«

„Susi schläft noch auf dem Sofa!"

„Sie ist auch ganz schön crocky!"

»Na gut, dann möchte ich nicht länger stören!«

»Sehen wir uns mal in der nächsten Zeit, Bob?«

„Klar doch Benny!"

„Lass uns erstmal hier ankommen!"

„Ich melde mich dann bei Dir per Handy!"

»Okidoki, Bob, bis Bald!«

„Jepp, bis dann, Benny!"

„Tschüß!"

»Tschüß Bob«

Bob legte den Hörer wieder auf das Telefon, nach dem das Gespräch beendet war. Susi bekam von dem Gespräch nichts mit. Sie lag immer noch auf dem Sofa und schlief ganz tief und fest.

Nach einer Weile wachte Susi wieder auf und kam so langsam wieder zu sich. Bob saß neben ihr auf dem Sofa.

»Boah, Bob, hab' ich jetzt ganz fest und tief geschlafen!«

»Das habe ich jetzt echt gebraucht!«

»Wie geht es Dir?«

„Och Du, Susi, eigentlich ziemlich gut!"

Bob wunderte sich doch sehr, dass er nicht so Müdigkeits- und Erschöpfungszustände bekam, wie er befürchtete.

So vergingen die Zeit und der Alltag holte Bob und Susi wieder ein. Benny wartete derweil immer noch auf Bobs Kontaktaufnahme mit dem Telefon. Doch davon war Bob noch sehr weit weg.

Ihm ging das Seminar einfach nicht mehr aus dem Kopf. Je mehr er darüber nachdachte, umso mehr Lust bekam Bob hier aktiv zu werden. Wie ein Schleier legte sich der Gedanke, eine Selbsthilfegruppe zu gründen, über Bennys Antlitz, sodass es immer mehr in den Hintergrund verschwand.

∗∗∗

Kapitel 7

Bob und Susi waren rund vier Wochen wieder von dem Seminar zuhause, als der Tag kam, die Seminarergebnisse in die Tat umzusetzen. Sie beschlossen, eine Selbsthilfegruppe für Schädel-Hirnverletzte in Darmstadt zu gründen. Bevor jedoch weitere Schritte unternommen werden konnten, mussten sie erst einmal einen Namen für die Gruppe finden, was gar nicht mal so einfach war. So setzten sich Bob und Susi eines Tages zusammen und überlegten eifrig.

„Hey, Susi, was hältst Du von ‚SHT-Selbsthilfe'?"

»Hm, Bob, nicht schlecht, aber wo ist die Gruppe?«

„Hä?"

»Na, man erkennt nicht, welchem Ort diese Gruppe zugehört!«

„Ach so, das stimmt, Susi!"

„Ui, das ist ja gar nicht so einfach, einen passenden Namen zu finden, sodass man auch diesen als Homepagenamen verwenden kann!"

»Ja, Bob, dass ist in der Tat nicht einfach!«

„Und wie wäre es mit ‚SHG-Bärchen-Darmstadt'?"

»Prima, Bob, das wäre etwas!«

»Das heißt übersetzt: ‚Selbsthilfegruppe für Bärchen in Darmstadt‘!«

»Cool, Bob, den Namen nehmen wir!«

»Auch wenn man nicht erkennt, für welches Krankheitsbild!«

„Boah, das ging aber fix mit dem Namen!“

»Jepp, Bob, was machen wir nun als nächstes?«

„Warte mal kurz, Susi!“

„Wir haben doch damals beim Seminar ein Starterpaket mitbekommen, dass arbeiten wir jetzt Punkt für Punkt ab!“

»Klasse, Bob, daran habe ich gar nicht mehr gedacht!«

»Also, los geht's!«

Bob und Susi gingen gemeinsam die Checkliste des Starterpaketes durch. So hatten sie einen Leitfaden, wo alle Kontaktstellen und Vorgehensweisen aufgeführt waren.

Dabei legten sie untereinander die Zuständigkeiten fest. Bob kümmerte sich um die Homepage und die Öffentlichkeitsarbeit, während Susi sich um die Organisation und Gruppenkasse kümmern wollte.

„Prima, Susi, mehrere Schultern tragen höhere Lasten!" – sprach Bob erleichtert.

So kam es, dass nach einiger Zeit soweit alles vorbereitet war. Bob erstellte eine Homepage und füllte sie mit Informationen. Susi legte währenddessen ein Gruppenkonto bei der Bank an, damit sie Fördergelder entgegennehmen können. Ferner legten sie die Rollen fest, für was wer zuständig ist.

Bob übernahm die Beratungsrolle für die Betroffenen während Susi sich mit den Angehörigen beschäftigen wollte. Eine Rollenverteilung innerhalb der Gruppe, die sich später als sehr hilfreich herausstellte.

„So Susi, der erste Schritt ist getan!"

»Ja, Bob, nicht schlecht für den Anfang!«

„Jetzt fehlen nur noch die Mitglieder!?"

»Das bekommen wir auch noch hin, Bob!« - antwortete Susi zuversichtlich.

Nachdem die Internetpräsens der neuen Gruppe online war, dauerte es auch nicht lange, bis zum ersten mal das Gruppentelefon klingelte. Bob eilte zum Telefon und hob den Hörer ab.

„Ja, hier ist die SHG für Stofftiere?" – fragte Bob.

Am Telefon war eine junge Bärchen Frau namens Frederike. Sie schilderte verzweifelt am Telefon Bob ihr Schicksal.

Durch einen Sturz aus einem Fenster, erlitt die Bärchen Frau ein schweres Schädel-Hirntrauma. Bis heute kommt sie mit den Folgen daraus einfach nicht klar, obwohl sie medizinisch gut versorgt und betreut war.

Sie suchte also Hilfe, bei gleichgesinnten Bärchen oder anderen Stofftieren mit ähnlichen Einschränkungen.

Frederike erzählte Bob am Telefon, dass sie in jungen Jahren als junges Bärchen Mädchen beim Herumtollen aus dem Fenster gefallen ist, das im zweiten Stock lag. Dabei verletzte sie sich am Kopf so schwer, dass sie heute nur noch vierzehn

Prozent Sehkraft hat und sich mit einer Halbseitenlähmung herumschlagen muss.

»Und jetzt habe ich Probleme mit dem sozialen Umfeld!«

»Alle meine Freundinnen und Freunde wollen nix mehr von mir wissen!« – erzählte Frederike und wurde dabei etwas traurig.

„Ui, Frederike, das ist ja echt heftig!"

Bob unterhielt sich sehr lange am Telefon mit Ihr.

„Also, ich schlage vor, dass wir uns mal treffen und uns mal intensiv persönlich darüber unterhalten!"

»Gute Idee, Bob!«

Bevor Frederike das Gespräch wieder beendete, machten sie einen ersten Gesprächstermin zuhause bei Bob, im neuen Selbsthilfebüro aus.

»Du, Bob, ich kann aber erst in drei Wochen zu Dir ins Büro kommen, da ich mit meinen Bäreneltern in den Urlaub fahre!«

„Du, Frederike, das ist kein Problem, das bekommen wir schon hin! Melde Dich einfach, wenn Du wieder vom Urlaub zurück bist!"

»Gut, Bob, so machen wir das!«

»Danke für das Gespräch!«

„Gerne!"

Frederike legte wieder auf und beendete das Gespräch.

Einen Moment lang schwieg Bob mit starrem Blick zum Telefon.

„Boah, arme Frederike!" – dachte Bob.

Plötzlich schoss ihm ein Ausflugsgedanke durch seinen Kopf.

„Urlaub mit den Bäreneltern?"

„Cool!"

„Das könnten doch Susi und ich auch mal machen!?" – dachte Bob und fragte Susi.

„Du, Susi, was hältst Du von der Idee, wenn wir mal ein verlängertes Wochenende in einer anderen Stadt verbringen würden?"

»Dachtest Du da an etwas bestimmtes, Bob?«

„Ja, Susi, und zwar an Köln!"

„Mal so richtig gemütlich am Rhein sitzen bei herrlichem Sonnenschein und gutem Kölsch?"

Susi nickte sofort, als sie das von Bob hörte.

»Au fein, gute Idee, Bob!«

»Wir könnten ja mal unsere Menschenfreunde in der SHG-Darmstadt beim nächsten Treffen fragen, vielleicht fährt ja jemand mit!?«

„Cool, Susi, dass ich nicht auf die Idee gekommen bin!?"

„Ich rufe mal Jürgen an!"

Ganz aufgeregt nahm Bob das Telefon in seine rechte Pfote, tippte die Nummer vom Menschenmann Jürgen ein und wartete einen Moment.

»SHG-Darmstadt, guten Tag!« - ertönte eine Stimme am anderen Ende der Leitung.

„Hallo Jürgen, hier ist Bob, der Bär!"

»Grüß Dich lieber Bob, wie geht es Dir?«

„Gut, danke!"

»Was kann ich für Dich tun?«

„Ich wollte mal fragen, ob welche von Eurer Gruppe übernächstes Wochenende mit nach Köln fahren möchten."

„So, von Freitag bis Sonntag?"

»Hey, Bob, prima Idee, ich frag mal in der Gruppe nach!«

»Bis dann, Bob!«

Jürgen legte auf und das Gespräch war beendet.

»Köln?« - dachte Jürgen und überlegte kurz.

»Genial!« - murmelte Jürgen vor sich her und wurde immer nervöser, denn auch er fuhr sehr gern nach Köln.

Jürgen wartete allerdings nicht bis zum nächsten Gruppentreffen, sondern rief sofort per Telefon einige Mitglieder an.

So kam es, dass die Menschenmänner Jürgen und Wolfgang, die Menschenfrauen Tanja und Marita sowie Bob und Susi mitfahren wollten. Nachdem das geklärt war, buchte Jürgen einige Zimmer in einem Hotel in Köln, welches direkt am Alten Markt lag.

Also mitten im Zentrum von Köln und nicht weit vom Rhein entfernt. Gut gelaunt verkündete der Menschenmann Jürgen allen Teilnehmern die erfolgreiche Buchung.

„Nur noch fünf Tage, dann ist es soweit!" – freute sich Bob und konnte es kaum abwarten.

Auch Susi war schon mächtig aufgeregt, schließlich war sie noch nie so weit von zuhause weg. So kam es, dass der Tag der Abreise in greifbare Nähe rückte.

Es war Anfang Juni dieses Jahrs, als sich die Reisegruppe aus den sechs Teilnehmern auf den Weg nach Köln machte. Alle trafen sich um 11.00 Uhr bei Bob zuhause. Zuvor sammelte die Menschenfrau Tanja den Menschenmann Wolfgang und die Menschenfrau Marita ein und fuhr sie zu Bobs Wohnung.

Dort stiegen Jürgen, Bob und Susi in ihr Auto ein. Gut gerüstet starteten sie ihren gemeinsamen Ausflug nach Köln. Der Dom und das Rheinufer sollte dort ihr primäres Reiseziel sein...

***

Kapitel 8

Es war schon ein interessantes und lustiges Unterfangen, wie alle in Tanjas Auto saßen und geduldig darauf warteten, ihr Ziel endlich zu erreichen. Jürgen saß auf dem Beifahrersitz, während Wolfgang und Marita auf der Rückbank saßen. Dabei saß Bob auf Maritas Schoß und Susi saß auf Wolfgangs Schoß.

Bob plapperte was das Zeug hielt. Susi währenddessen piepste ganz aufgeregt. Es war schon eine Geduldsprobe für die vier Menschen, die noch dazu im Auto saßen. Aber trotz der Geräuschkulisse von Bob und Susi, erreichten sie alle nach rund zwei Stunden Autofahrt ihr Ziel in Köln.

»Wir sind endlich daaaa!« – piepste Susi ganz laut.

„Jaaa, Susi, riechst Du es schon?"

»Was denn, Bob?«

„Na, den Rhein und das Kölsch!" – antwortete schmunzelnd Bob.

»Ach Bob, Du denkst auch nur an das eine!«

„Stimmt nicht!" – mischte sich Jürgen ein.

„Ich rieche es auch und habe schon mächtigen Durst!"

»Hey, Jürgen, jetzt lass uns doch erst mal das Auto abstellen und im Hotel einchecken!« – schimpfte Tanja und fuhr in die Tiefgarage des Hotels.

„Jaja, ist schon gut!" – erwiderte Jürgen kleinlaut.

Nach einer Weile des Umherfahrens im Parkhaus fand Tanja noch einen freien Parkplatz und stellte ihr Auto dort ab.

»Geschafft, das Auto steht sicher!«

„Alles aussteigen und Gepäck fassen!" – rief Jürgen zu allen anderen, die dem Aufruf schnell folgten.

Ruckzuck nahmen sie ihr Gepäck, gingen an die Rezeption und checkten ein.

„Treffen wir uns in 30 Minuten wieder hier, um einen Spaziergang am Rhein zu machen?" – fragte Jürgen.

»Oh ja, das machen wir!« - riefen alle gleichzeitig und gingen auf ihre Zimmer.

Mittlerweile war es 13.30 Uhr geworden, also ideale Zeit, um irgendwo einzukehren. Alle sechs verließen gemeinsam das Hotel und machten sich auf den Weg zum Rheinufer. Dort waren schöne und gemütliche Lokale, die einen direkten Blick zum Rhein boten. Auf dem Weg dorthin lernten Bob und Susi das Streunerbärchen Felix kennen. Felix war ein kleines, freches, aber süßes Bärchen, dass manchmal fremde Stofftiere durch die Altstadt von Köln führten. Da das aber nicht so oft vorkam, freute sich Felix umso mehr, dass er mal wieder Stofftiere, die in Köln zu Besuch waren, durch die Altstadt führen konnte.

Die Drei verstanden sich auf Anhieb sehr gut mit Felix. Das Streunerbärchen kannte sich natürlich in Köln sehr gut aus und führte Bob, Susi und die vier Menschen in Gebiete, die nur Insider wussten.

Während sie gemeinsam die Altstadt durchstöberten, kamen sie nicht nur an Gebüschen vorbei, sondern machten sich auch auf einigen Brunnen breit. Dabei zogen sie die Aufmerksamkeit aller freilaufenden Kölner Menschen und Menschenkinder auf sich, was nicht ungefährlich für die Dreien war.

Allerdings hielt Bobs Durst nicht so lange an. So kam es, dass ein Zwischenstopp bei der Brauerei Peters Kölsch gemacht wurde.

Das erste Kölsch schmeckte Bob sehr gut. Aber auch die Menschen Marita, Tanja und Wolfgang hatten es sich an dem Tisch gemütlich gemacht. Natürlich war auch Jürgen dabei, der aber mit dem Kellner beschäftigt war.

Nach dem ersten Kölsch wollten Bob und Susi unbedingt etwas knuddeln. Bob schaute zuerst mit seinen süßen Bärenaugen Marita an, die einfach nicht seinen Blicken widerstehen konnte.

Marita nahm die Beiden sehr gerne in ihre Arme und knuddelte die Beiden, sodass Bob und Susi gar nicht mehr von ihr weg wollten.

Danach kam Tanja dran mit knuddeln. Bob und Susi verabschiedeten sich von Marita und hasteten über den Tisch zu Tanja hinüber. Erwartungsvolle Blicke warfen Bob und Susi ihr zu. Tanja nahm sie in ihre Hände und begann sie ebenfalls zu knuddeln. Dort fühlten sie sich sichtlich wohl.

Danach war Wolfgang an der Reihe. Tanja setzte beide nach der Knuddeligung wieder auf den Tisch, wobei Bob und Susi sofort zu Wolfgang rannten.

Gerne nahm Wolfgang die Beiden vom Tisch hoch und nahm sie an seine Brust. Susi fühlte sich bei ihm wie im siebten Himmel und wollte gar nicht mehr weg von ihm. Aber auch Bob gefiel es sehr in seinen Händen…

„Ach, was ist das Knuddeln so schön!" – rief Bob.

»Ja, Bob, das ist so schööön!« – piepste Susi.

Nach der Pause mit intensivem Knuddeln setzten alle sechs den Rundgang zum Rheinufer fort. Plötzlich rief das Streunerbärchen Felix ganz laut:

»Hey, ihr da, kommt mal mit, ich zeige Euch mal unsere legendären Stars in der Altstadt!« – sprach Felix und war ganz aufgeregt.

„Legendäre Stars?" – wunderten sich alle und folgten Felix zur nicht weit entfernten Kirche Groß St. Martin in der Altstadt.

Plötzlich riss sich Felix los und rannte so schnell er konnte mit seinen kurzen Beinchen zu zwei bronzenen Figuren.

»Das sind Tünnes (links) und Schäl (rechts).«

»Es sind zwei legendäre Figuren aus dem Kölner Puppentheater!« - rief Felix.

„Ach ja?" – fragte Bob, nahm Anlauf und setzte sich auf seinen Kopf.

„Und warum ist dem seine Nase so blank?" – fragte Bob, als er von oben drauf schaute.

»Na, die dicke Nase vom Tünnes ist schon ganz blank gerieben, denn ein kräftiger Griff daran soll Glück bringen!« - antwortete Felix.

»Kommt mit!« - rief Felix zu den anderen.

Einen Moment lang blieben alle noch etwas verwundert stehen, folgten aber dann doch dem Aufruf von Felix. So gingen sie nacheinander zur Figur und rubbelten die Nase von Tünnes. Anschließend setzten alle Menschen, Bob, Susi und Felix den Weg zum Rheinufer fort. Kurz vor dem Rheinufer war ein kleiner Mauervorsprung. Dort setzten sich Bob und Susi sofort drauf und genossen den Ausblick.

Plötzlich kam Marita auf die Idee, einen kurzen Trip mit dem Schiff zu machen. Die Tour sollte eine Stunde dauern und nur im Kölner Bereich stattfinden.

So gingen die Menschen zum Fahrkartenschalter und kauften für sich die Fahrkarten, während Bob und Susi auf dem Mauervorsprung warteten.

Um halb vier nachmittags ging die Fahrt los. Kurz zuvor gingen alle an Bord und suchten sich Plätze auf dem riesigen Schiff.

Der Menschenmann Wolfgang stellte sich zuerst an die Reling des Schiffes während sich Bob und Susi auf einem Schanktisch platzierten, um die Abfahrt von einer nicht so gefährlichen Stelle mitzubekommen. Ungeduldig harrten Bob und Susi auf dem Schanktisch aus, bis der entscheidende Moment kam.

Ein dröhnendes und lautes Dieselmotorengeräusch, dass das Starten der Schiffsmotoren auslöste, kündigte das Ablegen von der Schiffsanlegestelle an. Langsam setzte sich das Schiff in Bewegung und die Fahrt ging los.

Bob und Susi waren mächtig aufgeregt. Natürlich hatten die Beiden ordentlich mit dem Wind zu kämpfen, der sie stets versuchte, von der Theke herunter zu blasen. Gekonnt aber stemmten sie sich dagegen. Das Schiff fuhr als erstes unter der Hohenzollernbrücke hindurch und nahm seine weitere Fahrt auf. Bob und Susi wechselten dabei ihre Sitzposition zu den Bistrotischen, die auf dem gleichen Deck standen, aber wo der Wind nicht so stark blies.

Von einem Bistrotisch beobachteten sie das Geschehen. Die drei Menschen Tanja, Marita, Wolfgang suchten sich einen schönen Tisch auf Deck und setzten sich dort hin, während Jürgen auf Deck umherirrte.

Bei kühlen Getränken genossen auch sie die schöne Fahrt auf dem Rhein. Schon nach 30 Minuten Fahrt machte das Schiff wieder kehrt und fuhr wieder zur Anlegestelle zurück.

Nachdem das Schiff wieder angelegt hatte und die schöne Fahrt auf dem Rhein vorbei war, gingen wieder alle von Bord und standen etwas planlos am Kai. Felix, das Streunerbärchen, hatte plötzlich eine großartige Idee. Er schlug allen als nächstes einen Besuch der historischen Senfmühle und des Senfmuseums in Köln vor. Einstimmig wurde der Vorschlag angenommen. Gespannt und sehr neugierig folgten Bob, Susi und die vier Menschen Felix zur Senfmühle. Als sie wenig später dort ankamen, sahen sie neben dem Eingang eine Omastatue stehen. Natürlich ließen es sich Bob und Felix nicht nehmen, auf diese hinaufzuklettern.

Bob setzte sich dabei in ihre rechte Hand, während Felix sich in ihre linke Hand hineinsetzte. Beiden gefiel das sehr. Sie machten es sich für kurze Zeit sehr bequem in ihren Händen. Plötzlich fiel etwas in Bobs Blickfeld.

„Hey, Felix, schau mal, da drüben ist ja ein großer Esel aus Bronze!" – rief er ganz laut.

„Komm, lass uns mal da rüber gehen!"

Felix schaute etwas verwirrt, drehte sein Köpfchen etwas herum und sah, wie Bob schon in der rechten Hand der Oma ganz aufgeregt stand.

»Ach Bob, machst Du schon wieder einen Stress!«

»Aber wenn Du das möchtest, dann machen wir das!?«

Felix erhob sich von der linken Hand der Oma und ging zu Bob hinüber. Bob nahm Felix' Pfötchen und hielt es ganz fest. Vorsichtig kletterten sie wieder von der Statue hinunter. Susi wartete schon etwas ungeduldig, seitlich am Sockel der Statue auf sie. Als Bob und Felix unbeschadet am Boden und bei Susi wieder ankamen, gingen sie gemeinsam mit ihr zum Esel hinüber. Weit hatten sie es ja nicht, da der Esel nur wenige Meter auf der anderen Seite der Eingangstür zum Geschäft stand.

Alle drei kletterten nacheinander auf den Rücken des Esels und blieben sitzen.

„Ach, Susi, was ist das schön hier!"

Die Menschen drängelten Bob, Susi und Felix, dass sie wieder heruntersteigen sollen, damit sie weiter gehen können. Etwas mürrisch verließen Bob, Susi und Felix wieder den Esel und waren wieder auf dem Boden der Tatsachen angelangt.

„Und was jetzt?" – fragte Bob.

»Jetzt gehen wir zum Schokoladenmuseum rüber!« - antwortete Felix und lachte.

„Schokoladenmuseum?"

„Lägger!"

„Auf, los geht's!" – rief Bob zurück.

Bob rannte plötzlich los und konnte es kaum abwarten, bis er das Schokoladenmuseum erreichte. Susi, Felix und die Menschen kamen wenig später auch am Schokoladenmuseum an. Der Menschenmann Jürgen ging zur Eingangstür hinüber, um Eintrittskarten zu kaufen.

»Mist, noch geschlossen!« - rief der Menschenmann Jürgen ganz laut, sodass alle es hörten.

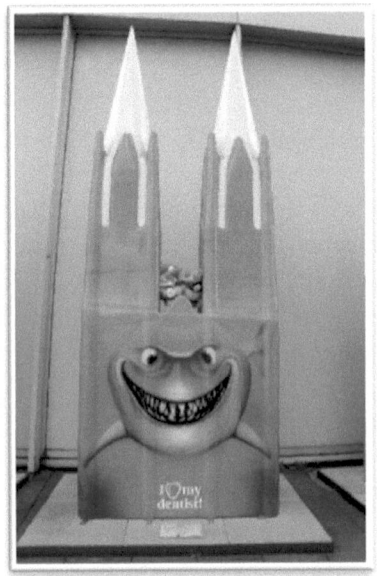

Neben dem Eingang des Museums waren mehrere Dome aus Kunststoff aufgestellt. Bob und Susi hat es ein ganz besonderer Dom angetan. Natürlich wollten sie auch wieder gleich auf diesen hinauf klettern. Einen kleinen Moment blieben Bob und Susi auf dem Dom sitzen, bevor wieder mal der Menschenmann Jürgen sie herbeirief.

»Hallo, Bob und Susi, kommt, wir wollen weiter gehen!«

„Ach das ist doch immer dasselbe mit den Menschen, nie haben sie Zeit!" – schimpfte Bob.

Also kletterten Bob und Susi wieder vom Dom herunter und liefen zu den Menschen und zu Felix, die bereits wieder den Rückweg in die Altstadt einschlugen.

Auf dem Rückweg vom Schokoladenmuseum kamen sie an einer Schwenkbrücke vorbei, die Bob sehr interessierte.

Also sprangen Bob und Susi auf das Geländer und schauten sich noch einmal das Schokoladenmuseum zum Abschied an.

»Du, Bob, weißt Du eigentlich wie die Brücke und der Turm heißt?« - rief Felix laut von unten.

„Nö, Du?"

»Ja, das ist die Malakoff-Drehbrücke und der Malakoff Turm am Rheinauhafen in Köln!«

„Och ja, das ist ja stark!"

Fasziniert blieben Bob und Susi noch eine Weile auf dem Brückengeländer sitzen, während die Menschen und auch Felix immer ungeduldiger und durstiger wurden.

»Kommt, Bob und Susi, es wird Zeit für eine Kölschpause!« – rief der Menschenmann Jürgen, während die anderen alle mit einem Kopfnicken zustimmten.

„Immer dieser Stress!" – brummelte Bob.

Bob und Susi kletterten das Geländer wieder herunter und folgten dem Menschenmann Jürgen. Nach wenigen Minuten des Gehens kamen sie alle am Brauhaus ‚Zum Prinzen' an, suchten sich einen

freien Tisch und setzten sich hin. Das Brauhaus lag nicht weit von ihrem Hotel weg, wo sie übernachteten. So dauerte es nicht lange, bis der Kellner kam und die Bestellung aufnahm. Natürlich wurde überwiegend Kölsch bestellt.

Bob, Susi und Felix freuten sich sehr darüber, dass sie sich kennengelernt und heute schon so viel gemeinsam unternommen haben. Als sich Bob, auf dem Tisch sitzend, so umschaute, sah er plötzlich eine lebensgroße Statue vom Fußball-Weltmeister Lukas Podolski.

„Boah, guckt mal was dasteht!" – staunte Bob.

„Kommt, da klettern wir jetzt hoch!" – waren Bobs Worte, als er auch schon vom Tisch herunterhüpfte und zur Statue hinüberrannte.

Felix und Susi folgten ihm daraufhin sofort, während die Menschen am Tisch sitzen blieben und sich über Bobs Aktivitäten wunderten.

»Warte Bob, wir kommen auch gleich!« - riefen Felix und Susi fast gleichzeitig.

Bob war als ersten auf der Figur und thronte ganz stolz auf seiner linken Schulter. Felix und Susi folgten ihm.

Susi nahm seine rechte Schulter in Augenschein während sich Felix auf seinen linken Oberarm setzte.

„Mein Fußballstar!" – rief Bob ganz begeistert und schaute stolz zum Menschenfreund Jürgen, Wolfgang und zu den Menschenfrauen Tanja und Marita hinüber, die immer noch am Tisch saßen und genüsslich das Kölsch tranken.

„Hey, Wolfgang, komm doch auch mal her!" – rief Bob unüberhörbar.

Als der Menschenmann Wolfgang das von Bob hörte, hielt es ihm auch nicht mehr auf dem Stuhl. Als leidenschaftlicher Fußballfan, ließ er es sich nicht entgehen, doch einmal zu Bob und Susi hinüber zu gehen und sich auch mal daneben zu stellen.

„Klick, klick" machte es und auch Wolfgang wurde mit einem Foto abgelichtet.

„Hallo Wolfgang, hebst Du uns mal wieder runter?" – rief Bob nach einer Weile.

Wolfgang drehte sich zu Bob, Susi und Felix und nahm sie nacheinander in die Hand und setzte sie wieder auf den Boden.

»He, Leute, ich zeige Euch jetzt mal das legendäre Café mit dem Namen Oma Janßen Colonialwarenhandlung!« - rief Felix zur versammelten Mannschaft.

»Lust auf eine gute Tasse Kaffee und Kuchen?«

„Oh ja!" - rief Bob ganz laut, während sich die Menschen noch etwas uneinig waren.

»Okidoki, gute Idee!« – sprach die Menschenfrau Tanja.

»Na, dann folgt mir mal unauffällig!« - rief Felix zu allen anderen und setzte sich in Bewegung.

Nach kurzer Zeit kamen sie auch schon dort an, gingen ins Café hinein und suchten sich einen freien Platz. Dort tranken sie dann in aller Ruhe sehr guten Kaffee und aßen genussvoll den selbst gebackenen Kuchen.

Plötzlich sah Bob vom inneren des Cafe´s nach draußen ins Freie und sah da ein altes Motorrad stehen.

„He, Susi, guck mal was da vorne steht!"

»Hä? Was denn Bob?«

„Ach, komm, einfach mal mit, Susi!"

Wortlos folgte Susi ihm. Sie hüpften vom Tisch herunter, gingen zum Ausgang des Cafés und blieben kurz davorstehen.

„Guck mal, Susi, ist das nicht großartig?"

»Ein Motorrad, Bob?«

„Ja, komm, lass uns mal draufsitzen!"

Kaum hatte das Bob ausgesprochen, setzte er sich schon in Bewegung und kletterte auch schon das Motorrad hinauf. Susi folgte ihm, bis beide nun auf dem Motorrad saßen.

„Boah, ist das cool, Susi!"

»Ja, Bob, wäre aber noch schöner, wenn das Ding fahren würde!«

„Na, Susi, das glaube ich allerdings nicht, so wie das Motorrad aussieht!"

»Komm, lass uns wieder ins Café zu den anderen zurückgehen, Bob.«

„Okidoki, Susi!"

Beide hüpften vom Motorrad wieder herunter und gingen zurück zu den anderen. In der Zwischenzeit verdrückten diese die zweite Portion Kuchen. Als Bob und Susi wieder am Platz angekommen sind, war Jürgen und die anderen Menschen gerade am Bezahlen. Kurz darauf verließen alle das Cafè, um noch einen kleinen Spaziergang am Rhein zu machen.

Am Rheinufer angekommen, nahmen Jürgen und Wolfgang die drei Stofftiere Bob, Susi und Felix in die Hand. Wolfgang übernahm das Bärchen Felix und Jürgen nahm Bob und Susi. Alle drei genossen es sichtlich, von den Menschen getragen zu werden.

„Kommt, es ist schon spät geworden, wir machen uns langsam mal auf den Rückweg ins Hotel!" – sprach Jürgen.

Auf dem Weg dorthin, kamen alle wieder am Alten Markt vorbei. Als sie am Jan-von-Werth-Brunnen vorbeikamen, sah Bob plötzlich etwas Merkwürdiges auf dem Brunnen sitzen…

»Das ist doch…!?« - brummelte Bob.

„Was ist denn, Bob?" – rief Jürgen.

Bob riss sich von Jürgen los und rannte zu dem Brunnen hinüber. Dort angekommen, hüpfte er

sofort auf den Brunnenrand und staunte nicht
schlecht…

Da saßen doch tatsächlich die Maus und der
Elefant. Jene Hauptdarsteller der legendären
Sendung mit der Maus, die sonntags immer im
Fernsehen kommt. Bob war völlig neben der Rolle,
aber sie kamen sofort ins Gespräch. Stolz erzählte
er den Beiden von seiner Freundin Susi und von
Felix, den er ebenfalls in Köln kennengelernt hatte.

Natürlich wollten die Maus und der Elefant die
anderen ebenfalls kennenlernen. So kam es, dass
alle Drei vom Brunnen wieder herunter hüpften
und zur Gruppe zurückgingen. Die Menschen, Susi
und Felix waren inzwischen ein Stück
weitergegangen. An einem anderen Brunnen
angekommen, warteten sie auf Bob. Wolfgang,
Tanja, Marita und Jürgen waren schon etwas

ungeduldig, während Susi und Felix auf den Brunnen geklettert sind, um Ausschau nach Bob zu halten.

»Da ist Bob!« – piepste Susi ganz aufgeregt.

»Endlich ist er wieder da!«

»Aber wer ist denn da bei ihm?« – piepste Susi ganz neugierig.

Bob, die Maus und der Elefant kamen immer näher, bis auch Susi erkannte, wer da neben Bob herläuft.

»Nein, das gibt es doch nicht!« – piepste Susi.

Als Bob, die Maus und der Elefant ebenfalls den Brunnen erreichten, kletterten auch sie auf den Brunnenrand. Dort setzten sie sich neben Susi und

Felix. Stolz stellte Bob der Maus und dem Elefanten seine Susi und Felix vor.

»Tröööt, tröööt!« – machte der Elefant und schaukelte vor Freude.

Alle fünf verstanden sich sofort und auf Anhieb. Während sich die Menschen auf den Rückweg ins Hotel machten, gingen Bob, Susi, Felix, die Maus und der Elefant nochmal an den Rhein und setzten sich auf die Ufermauer.

Sie erzählten sich viele Geschichten über sich und lachten sehr viel gemeinsam. Aber es half nichts, die Zeit verging wie im Fluge. Bob und Susi mussten auch wieder ins Hotel zurück, da sich das Abendessen in großen Schritten näherte. Zum Abschied hüpften alle von der Rheinufermauer wieder herunter und standen wieder auf dem

Boden. Felix, das Steunerbärchen, verabschiedete sich als erstes von allen, denn er musste sich ja noch um andere Stofftiere in Köln kümmern. Bob, Susi, die Maus und der Elefant gingen danach weiter in Richtung des Hotels. Auf halbem Weg dorthin, verabschiedeten sich nun auch die Maus und der Elefant von Bob und Susi.

Nachdem die Maus und der Elefant weg waren, schauten Bob und Susi ein letztes mal in Richtung des Rheins.

„Ach, war das jetzt schön, Susi!"

»Ja, Bob, schade das die Zeit so schnell verging!«

„Komm, Susi, es hilft nichts, wir müssen zurück ins Hotel!"

Wortlos und ganz still hüpften sie vom Tisch herunter und begaben sich auf den direkten Rückweg zum Hotel. Dort angekommen, warteten bereits die Menschen ungeduldig auf die Beiden.

Gemeinsam verließen sie wieder das Hotel und machten sich auf den Weg zu einem Restaurant zum Abendessen. Am letzten Abend in Köln, wollten sich die Menschen etwas Besonderes gönnen. Von dem Streunerbärchen Felix hatte Bob und Susi noch erfahren, dass es ganz in der Nähe ihres Hotels eine Kultkneipe gäbe, namens Clamotte. Bob erzählte das natürlich gleich den Menschen, die sehr angetan waren von dem Vorschlag. Also machten sich alle nach dem Essen auf den Weg zum Lokal. Im Clamotte suchten sie

sich einen schönen Platz direkt an der Bar und ließen dort den Abend ausklingen. Zu aller Überraschung trafen sie dort auch wieder das Streunerbärchen Felix, dass sich natürlich gleich zu Bob und Susi gesellte. Ruckzuck war es Mitternacht geworden und bei den Menschen rückten plötzlich die Müdigkeitserscheinungen in den Vordergrund. So kam es, dass alle zur späten Stunde sich ein letztes mal auf den Heimweg machten, zurück ins Hotel.

Am nächsten Morgen trafen sich alle um neun Uhr zum Frühstück. Das Wetter war an diesem Tag genauso trübe, wie die Stimmung der Menschen und der Stofftiere. Gemächlich nahmen sie das Frühstück zu sich. Alle waren still und in sich gekehrt. Keiner sprach ein Wort. Zu tief saß der Abschiedsschmerz von Köln und vom Streunerbärchen Felix.

Schweigend und gut gestärkt gingen alle nach dem Frühstück in ihre Zimmer und packten ihr Gepäck zusammen. Danach checkten sie aus, verließen das Hotel und fuhren wieder nach Hause.

***

Kapitel 9

Nach dem Bob und Susi vom Ausflug nach Köln wieder gut zuhause angekommen waren, kam zwei Tage später nun das erste Gespräch mit der Betroffenen Bärchen Frau Frederike zustande. Bob war schon mächtig aufgeregt.

„Du Susi, ob das gut geht?"

»Ach Bob, das schaffst Du schon!« - antwortete Susi zuversichtlich.

„Na, mal schaun!"

Die Zeit verging doch sehr schnell und der Tag des ersten Gespräches rückte immer näher. An jenem Tag sollte am Nachmittag zur Kaffeezeit das erste Gespräch mit Frederike stattfinden. Pünktlich klingelte es an diesem Tag an Bobs Haustür. Bob rannte zur Tür und öffnete sie. Frederike stand an der Tür und war etwas nervös.

„Grüß Dich Frederike!"

„Komm herein, schön dass du da bist!"

»Grüß Dich Bob, ja, es freut mich auch hier zu sein!«

Frederike ging in seine Wohnung herein. Bob begleitete sie ins Wohnzimmer, wo sie sich auf das

Sofa setzten. Susi gesellte sich kurze Zeit später hinzu und begrüßte Frederike ebenfalls.

Bob, Frederike und Susi machten erst etwas Smalltalk, um sich zunächst einmal etwas näher kennenzulernen. Nach kurzer Zeit wechselte Bob dann das Thema.

„Na, Frederike, was hast Du denn für Probleme?"

»Ach Bob, ich hatte einen Fahrradunfall. Ich bin während der Fahrt in die Straßenbahnschienen gekommen, gestürzt und dabei mit dem Kopf auf einem Betonsockel aufgeschlagen. Seitdem kann ich meine rechte Seite nicht mehr richtig bewegen!«

»Ein Schädelhirntrauma dritten Grades war die Folge!«

„Aha, Halbseitenlähmung rechts und länger als eine Stunde war sie bewusstlos!?" – vermutete Bob.

»Außerdem habe ich noch psychische Veränderungen in Antrieb, Gedächtnis und Persönlichkeit erleiden müssen!«

Etwas traurig über ihren Zustand ließ Frederike ihren Kopf hängen und hatte kleine Bären Tränchen in ihren Augen.

„Uiuiui, Frederike, da hast Du ja mächtig zugelangt!" – versuchte Bob sie zu trösten.

„Jaja, das mit der Persönlichkeitsveränderungen und mit dem Gedächtnis kenne ich auch!"

„Ich hatte auch noch große Sprachschwierigkeiten gehabt!" – erzählte Bob.

Frederike schaute Bob mit großen Augen an und wunderte sich, dass man gar nichts mehr merkt. Ihre Traurigkeit wandelte sich plötzlich in Hoffnung und Zuversicht um.

»Wie lange hat es denn bei Dir gedauert, bis Du wieder so fit warst?« - fragte Frederike neugierig.

„Och, Du, eigentlich gar nicht so lange, so etwas ein Jahr!"

»Ach komm, wirklich?«

„Ja, Frederike, wirklich!"

„Hierzu hat mir aber auch sehr ein Besuch bei einer Selbsthilfegruppe, der SHG-Darmstadt geholfen!"

„Der Austausch mit anderen Betroffenen, auch wenn es Menschen waren, war für mich sehr wertvoll!"

„Darum habe ich jetzt auch die Selbsthilfegruppe für Stofftiere gegründet!"

»Hey, das ist ja echt super!«

Bob, Susi und Frederike unterhielten sich noch sehr lange über ihre Einschränkungen und welche Möglichketen es gibt, dagegen etwas zu unternehmen. Schließlich gefiel es Frederike sehr gut bei Bob und Susi, sodass sie sich am Ende des Tages vornahm, regelmäßig zu den Gruppentreffen zu kommen. Zur Kontaktaufnahme hinterließ Frederike noch ihre Kontaktdaten.

Zufrieden, freudig und mit voller Zuversicht verabschiedete sich Frederike von Bob und Susi und ging wieder nach Hause.

***

Kapitel 10

Schon drei Tage später klingelte erneut das Gruppentelefon. Diesmal war ein kleines Seebärchen, namens Joe dran. Nur kurz schilderte er am Telefon seine Probleme mit seinem Schädel-Hirntrauma, denn Joe wollte direkt zum nächsten Gruppentreffen kommen. So fand also eine Woche später das erste Gruppentreffen für Stofftiere überhaupt statt.

Bob und Susi überlegten, dass sie beim ersten Treffen eine lockere Atmosphäre schaffen sollten, um so die Hemmungen zu lösen. Sie entschlossen sich das Treffen bei sich zuhause, abseits von Menschenmengen zu veranstalten.

So kam es, dass Bob und Susi am Dienstag darauf ein Treffen mit Frederike und Joe zuhause bei Bob vereinbarten. Sie trafen sie sich an diesem Tag schon um 11.00 Uhr vormittags.

Pünktlich kamen alle zum Treffen bei Bob zuhause an. Sie gingen ins Wohnzimmer und machten es sich gemütlich. Joe, der Seebär, fing als erstes an von sich und seinem Schicksal zu erzählen.

»Als ich bei Umrüstarbeiten auf meinem Schiff vom Gerüst fiel, das mangelhaft abgesichert war, zog ich mir schwerste Kopfverletzungen zu!«

Bob staunte nicht schlecht, als er das von Joe hörte und ließ ihn weitererzählen.

»Jetzt habe ich habe keine Freunde und Bekannte mehr. Alle haben sie mich verlassen, dabei bin ich noch so jung. Nur meine Bärenmama und mein Bärenpapa halten zu mir und unterstützen mich!« - setzte Joe fort.

Joe wurde immer trauriger und deprimierter, als er das sagte.

„Hey Joe, sei nicht traurig, wir haben alle hier bei uns solche Schicksalsschläge erleiden müssen!" – antwortete Bob.

Joe wurde plötzlich etwas ruhig und schaute Bob mit großen Augen neugierig an. Ihm taten diese Worte von Bob sichtlich gut. So wurde Joe immer ruhiger und fasste Vertrauen zu Bob. Er erzählte ihm alle Details, Behandlungserfolge seines Unfalls und welche Probleme er damit heute hat. Das Gespräch machte Joe neugierig auf andere Betroffene. Kurz nach dem Gespräch mit Joe gesellten sich Susi und Frederike zu Bob und Joe dazu, die während des Gespräches im Esszimmer verweilten.

Mutig erzählte Joe allen anderen von seinem Unfall, über die guten ärztlichen Behandlungsmaßnahmen, die er erfuhr und dass es ihm heute an sozialen Kontakten fehle.

Bob, Susi und Frederike hörten ihm interessiert und gespannt zu.

»Ihr lacht ja gar nicht oder schaut mich komisch an!?« – wunderte sich Joe.

„Warum sollten wir das denn tun, Joe?"

„Jeder von uns hier hat ein besonderes Schicksal erleiden müssen, daher verstehen wir Dich nur zu gut!"

Für Joe war das plötzlich eine ungewohnte Situation. Da waren andere Bärchen und sogar Mäuse, die ihn verstanden, ohne viel zu erklären. Auch Frederike erging es so. Sie erzählte auch daraufhin nochmal ihren ganzen Leidensweg, den sie bis heute ertragen muss.

Alle redeten plötzlich so offen und ohne Zwang, als würden sie sich schon sehr lange kennen. Es entstand ein hervorragendes Vertrauensverhältnis zwischen den Anwesenden. Die Zeit verflog durch die vielen Gespräche wie im Nu.

„Treffen wir uns nächsten Dienstag wieder?" – fragte Bob.

»Na klar!« - antworteten Frederike und Joe fast synchron.

»Wann denn, Bob?«

„So wie heute, so gegen 11.00 Uhr?"

»Prima, wir kommen!« - antworteten Joe und Frederike einstimmig.

Zum Schluss verabschiedeten sie sich noch voneinander und gingen wieder nach Hause.

„Du Susi, das war ja großartig!"

»Ja, Bob, das haben wir gut gemacht!«

Als Bob und Susi wieder zuhause waren, gingen sie nochmal das Erlebte von heute Mittag durch. Sie stellten fest, dass der erste Schritt zum festigen der Gruppe getan ist und sich bestimmt noch mehrere Betroffene oder Angehörige melden würden.

„Du Susi, ich glaube Joe und Frederike haben sich besonders gut verstanden, meinst Du nicht?"

»Ja, Bob, in der Tat, ich glaube da könnte sich eine Freundschaft daraus entwickeln!?« - antwortete Susi und lächelte etwas.

Beide waren sehr stolz und glücklich, als sie die fröhlichen und zufriedenen Gesichter von Frederike und Joe blicken konnten.

„Hey, Susi, schaun mer mal, wie es nächste Woche beim Treffen wird?"

»Bestimmt gut!« – antwortete Susi mit sicherem Gefühl und einem ruhigen Piepsen.

Bevor es aber dazu kommen sollte, waren Jürgen, Tanja, Bob und Susi am Samstag darauf bei einer Charity-Party in Frankfurt eingeladen worden…

Kapitel 11

An einem Samstag, im Monat April 2019 fand ab
15.00 Uhr eine Charity Küchenparty, mitten im
Herzen von Frankfurt, auf dem Main statt.

Das Event fand auf dem Schiff „Wappen von
Frankfurt" statt, das am Eisernen Steg angelegt
hatte.

Bei diesem Event nahmen namhafte Barkeeper,
Köche, Winzer und weitere Dienstleister
unentgeltlich teil, so dass der Erlös dieser
Veranstaltung der Hannelore Kohl Stiftung zur
Verfügung gestellt werden konnte. Bob und Susi
gingen mit ihrem Menschenfreund Jürgen und der
Menschenfreundin Tanja zu diesem Event.

Natürlich war Bob sehr neugierig und sehr aufgeregt an diesem Tag und wollte sich alles anschauen. Der Menschenmann Jürgen und die Menschenfrau Tanja gingen über das Hauptdeck hinauf auf das Oberdeck.

Dort waren nur wenige Sitzplätze vorhanden, wobei sich die beiden Menschen Jürgen und Tanja an einen schönen Zweiertisch niederließen. Für die kleine Maus Susi war der Trubel dort auf dem Schiff etwas zu viel. Sie verkroch sich sofort nach dem „An Bord gehen" in Tanjas Handtasche, wo sie den ganzen Abend verblieb.

Umso mehr wurde aber Bob aktiv. Er meldete sich vom Menschenmann Jürgen ab und schlenderte erst einmal über das Schiff, um sich alles genau anzuschauen. Man muss schon sagen, dass Bob sehr technisch interessiert ist, gerade was Schiffe angeht. Also ging er als erstes von seinem Platz über das Oberdeck ins Freie hinaus, auf das vordere Sonnendeck, wo sich der Stand befand mit den guten Steaks. Diese wurden dort mit einem Beefer zubereitet.

„Mhmmm, lägger!"

„Steaks!" – dachte sich Bob und bekam großen Hunger.

Als Bob das sah, gab es keinen Halt mehr für ihn. Er musste sofort das Sonnendeck verlassen, da er am liebsten über den Tresen gesprungen wäre und alle Steaks verputzt hätte.
Jedoch wurde es Bob am Beefer etwas zu warm, sodass er wieder zurück ging und sich erst einmal das obere Sonnendeck betrachtete. Als er auf dem oberen Sonnendeck ankam, hüpfte er auf einen Bistrotisch hinauf und schaute sich die Landschaft

an. Dabei musste er sehr aufpassen, dass ihn der Fahrtwind nicht vom Tisch blies und er im Main landete.

Die Wappen von Frankfurt war ein sehr schönes Schiff. Es hatte ein stattliches Raumangebot für fast 400 Gäste. Natürlich auch für Stofftiere.

Auf zwei Innendecks waren bei diesem Event viele Stände mit leckeren Spezialitäten aufgebaut, welches den Gästen ein gemütliches und exklusives Ambiente bescherte.

Als sich Bob auf dem Bistrotisch etwas umsah, wunderte er sich über das schlechte Wetter.

„Ausgerechnet heute muss es regnen!" – schimpfte Bob, und betastete seinen Hintern.

„Jetzt ist mein Bobbes auch noch ganz nass geworden!"

Als Bob seinen Kopf zum Himmel anhob und die dunklen Wolken betrachtete, dachte er gerade an seinen leeren Magen. Bob verspürte etwas Durst. So verließ Bob das obere Sonnendeck und ging wieder zum Oberdeck hinunter.

Dort sah er von der Ferne einen Barkeeper, der interessante Drinks mixte. Also machte Bob sich auf den Weg zum Barkeeper. Als er dort ankam, hüpfte Bob auf den Tresen und schaute dem Barkeeper aufmerksam zu.

„He, Du da, wie heißt Du denn?"

„Ich bin der Bob!"

»Grüß Dich Bob, ich bin der Tommy!«

»Magst Du was trinken?«

„Oh ja, sehr gerne! Ich habe großen Durst!"

»Hast Du einen besonderen Wunsch, Bob?«

„Nö, ich lasse mich mal überraschen!"

»Gut, Bob, dann mache ich Dir mal einen leckeren Drink!«

Der Barkeeper mixte für Bob einen speziellen Bären-Spezialdrink, natürlich alkoholfrei, wie es für Stoffbären üblich ist. Gespannt schaute Bob dem Barkeeper zu, wie er den Drink handwerklich und künstlerisch zubereitete. Es war schon eine Augenweide für Bob, als er die fliegenden Becher und Flaschen sah, die Tommy in der Luft umherwirbelte. Schließlich war nach kurzer Zeit der Drink fertig.

Bob bedankte sich bei dem Barkeeper Tommy und trank das Glas in einem Zug genüsslich aus.

„Lägger, Tommy!"

„Da komme ich später bestimmt nochmal!"

»Gerne!« – antwortete Tommy und mixte schon den nächsten Drink für einen anderen Gast.

Bob währenddessen hüpfte vom Tresen herunter und ging zum nächsten Stand. Jetzt machte sich sein Magen bemerkbar. Nachdem die Schlange am Beefer mittlerweile ziemlich lang wurde, ging Bob erst einmal zu einem anderen Stand. Dort gab es leckeren Glen Douglas Lachs, den Bob so gerne aß. Als Bob den Stand erreichte, hüpfte er wieder auf den Tresen und blickte in das Gesicht einer schönen jungen Menschenfrau, die hinter dem Stand die Lachshappen verteilte.

»Na, wer bist Du denn?«

„Ich bin der Bob und habe großen Hunger!"

»Na, da kann ich Dir helfen!«

»Schau mal, ich habe leckeren Lachs für Dich!«

„Au fein! Bitte eine doppelte Portion für mich!"

Die Menschenfrau, namens Lisa lächelte Bob an und verliebte sich sofort in ihn.

»Kannst Du denn das alles essen, Bob?«

„Jaaaaaa!"

»Ach, Du bist ja ein süßes und drolliges Kerlchen!«

»Bist Du allein hier bei dem Event?«

„Nein, meine Freundin Susi und meine Menschen-Freunde Jürgen und Tanja sind auch da!"

„Die haben mich mitgenommen!"

»Schade das Du eine Freundin hast, sonst hätte ich Dich jetzt behalten!« - sprach Lisa.

„Hm, …!"

»Du gefällst mir sehr!«

Lisa stellte ihm eine Schale mit dem Lachs auf den Tresen und legte Bob ein kleines Besteck dazu. Sofort fing er an, den leckeren Lachs und die Beilagen zu verdrücken. Lisa schaute ihm dabei zu. Sie wollte ihn unbedingt für sich haben.

»He, Bob, magst Du nicht bei mir bleiben?«

»Ich würde Dich jeden Tag mit leckeren Essen verwöhnen!?«

Bob war eigentlich nicht so begeistert, da er ja mit Susi glücklich liiert war. Obwohl es schon verlockend klang, von so einer hübschen Menschenfrau verwöhnt zu werden.

„Du weißt, dass ich mit Susi liiert bin?"

»Ja, Bob, das weiß ich!«

„Für wie lange soll ich bei Dir bleiben?"

»Och Du, Bob, nicht für lange Zeit, da ich demnächst viel auf Tour gehe!«

»Nur so für zwei Wochen?!«

„Gut, ich bin einverstanden!"

„Ich darf mich aber noch hier auf dem Schiff etwas umschauen?"

»Aber natürlich, wir sind ja auch noch mit dem Essen zubereiten hier beschäftigt!«

Nachdem Bob den Lachs genüsslich verdrückte, hatte er plötzlich etwas Verlangen nach einem guten Espresso. Bob hüpfte wieder vom Tresen auf den Boden und machte sich auf den Weg zum nächsten Stand.

„Hm, da war doch vorhin ein Kaffee-Stand in der Nähe!?" – grübelte Bob und setzte sich auf dem Oberdeck in Bewegung.

„Lisa, ich gehe mal zu dem Kaffeestand da rüber!" – rief Bob und ging los.

»OK, Bob!«

»Pass aber auf Dich auf!«

„Mache ich, Lisa!"

Es war gar nicht mal so einfach, bei so vielen Menschenbeinen unbeschadet zu einem Stand zu kommen. Aber Bob schaffte es, ohne zertreten zu werden, an den Kaffeestand zu gelangen. Neugierig schaute er nach oben auf den Tresen.

„Ui, das ist etwas zu hoch, da komme ich nicht hinauf!" – grübelte Bob.

Doch ehe er sich versah, nahm ihn eine Menschenfrau vom Boden hoch, die als Gast dort war und setzte ihn auf den Tresen.

„Dankeschön, liebe Menschenfrau!"
»Bitte, gerne!« – antwortete die Menschenfrau lächelnd und ging weiter.

Nun saß Bob auf dem Tresen und wollte gerade einen Espresso bestellen, als er plötzlich von dem Menschenmann Matthias in die Hand genommen wurde. Er bediente die Gäste mit Kaffee.

»Guck mal, ist der nicht süß!«

»Oh ja!« - antwortete seine Nachbarin.

„Ach immer diese Knuddlerei!" – murmelte Bob.

„Hallo, ich habe Durst!"

»Oh, entschuldige, was hättest Du denn gerne?«

„Einen Espresso bitte!"

»Kommt sofort!«

Matthias setzte Bob wieder auf den Tresen und bereitete einen leckeren Espresso zu. Als dieser fertig war, stellte er die Tasse auf den Tresen.

„Mhmm, der riecht ja lecker!" – sprach Bob und trank ihn gierig leer.

„Dankeschön, Matthias!"

»Gerne!«

„Bis später!"

Bob verabschiedete sich von den beiden Kaffee Zubereitern und hüpfte mutig den hohen Tresen herunter.

„Plumps!" - machte es und Bob landete auf seinem gut gepolsterten Bobbes.

„Aua!" – schrie Bob kurz auf und setzte sich wieder in Bewegung zur Menschenfrau Tanja und zu seinem Menschenfreund Jürgen.

Als er am Tisch wieder ankam, traute er seinen Augen nicht. Am Tisch stand sein Menschen-Lieblingssänger und Künstler Adel Tawil, der sich mit seinem Menschenfreund Jürgen unterhielt. Eilig ging er zum Tisch hinüber und hüpfte frech auf die Tischplatte hinauf.

„Hallo Adel, ich bin der Bob!"

„Ich bin das Maskottchen der SHG-Darmstadt!"

Adel nahm ihn hoch, schaute ihn an, lächelte und sprach:

»Hallo Bob, ich bin der Adel!«

„Hallo Adel!" – antwortete Bob und war aufgeregt.

»Soso, Du bist also das Maskottchen der SHG-Darmstadt!?«

»Schön, dass Du auch da bist!«

„Äh, ja, Adel, es freut mich auch hier zu sein bei all den lieben Menschenmännern und Menschenfrauen!"

Während „Die Wappen von Frankfurt" auf dem Main entlang fuhr in Richtung Offenbach, unterhielten sich Bob, Jürgen, Tanja eine ganze Weile mit Adel Tawil, der auch der Präsident der ZNS-Hannelore-Kohl-Stiftung ist. Adel selbst hatte auch vor ein paar Jahren einen Unfall gehabt und sich einen Wirbel viermal gebrochen. Auch heute noch zehrt Adel Tawil von den Folgen seines Unfalls. Dennoch schafft er es mit eisernem Willen und eiserner Kraft, Konzerte und Fernsehauftritte zu belegen. Bob und der Menschenmann Jürgen zeugen tiefen Respekt vor so einer Leistung. Aber vor allen Dingen Bob war mächtig stolz, von Adel Tawil in die Hand genommen und geknuddelt zu werden. Er genoss es sehr, in der Hand eines so

berühmten Menschen zu sitzen und alle Blicke auf sich zu ziehen.

Als das Schiff in Offenbach anlegte, verließ Adel Tawil wieder das Schiff, da er noch andere wichtige Termine hatte. Bob wurde sehr traurig, als Adel ihn plötzlich wieder seinen

Menschenfreund Jürgen in die Hand drückte. Aber als Bob sich so umschaute, sah er auf einmal eine hübsche und sehr sympathische Frau auf einer Bank sitzen.

„He, Jürgen, setze mich mal auf die rote Bank zu den drei Ladys da drüben!"

»Du willst zu den drei Ladys?«

„Jaaaa!"

»Also gut!«

Der Menschenfreund Jürgen setzte Bob auf den äußersten Rand der roten Bank und verschwand ganz still und leise. Bob schaute eine der drei Ladys an und zupfte am Hosenbein der Frau, die ganz rechts saß. Etwas erschrocken schaute sie zu Bob.

»Ja, was ist denn, kleiner Bär?«

„Ich bin der Bob!"

„Wie heißt Du denn?"

»Ich bin die Beate!«

„Hey Beate, weißt Du, wie die nette und hübsche Frau ganz links heißt?"

»Ja, das ist die Helga!«

»Das ist die Geschäftsführerin der ZNS-Hannelore-Kohl-Stiftung!«

„Ah ja!?"

„Du, Beate, die gefällt mir sehr!"

„Kannst Du mich mal zu ihr rüber reichen?"

»Aber klar doch!«

Beate streckte sich etwas zu ihr hinüber und stieß sie am linken Arm. Sie schaute zu Beate hinüber.

„Hallo, Helga, hier will jemand zu Dir!"

Helga kam nicht einmal dazu, etwas zu sagen, denn sofort hüpfte Bob auf ihren Schoß und schaute sie mit großen Augen an.

Begeistert nahm sie Bob in ihre Hand, schaute ihn an, lächelte und knuddelte ihn liebevoll.

Bob fühlte sich sichtlich wohl und wollte schon gar nicht mehr los von ihr, als ihm plötzlich einfiel, dass ja da noch Lisa war, die ihn nach dem Ende der Veranstaltung für zwei Wochen haben wollte.

„Ach ja, da war doch noch was!" – brummelte Bob vor sich her.

Inzwischen kam auch der Menschenmann Jürgen zu den drei Ladys dazu. Er kannte ja schon Beate und Helga seit längerer Zeit.

„He, Jürgen!" – rief Bob zu ihm.

»Ja, was ist, Bob?«

„Ich habe da mal ein Problem!"

»Ein Problem, Bob?«

„Ja, mit der lieben Menschenfrau Lisa!"

»Hä?«

„Die möchte mich gerne für zwei Wochen ausleihen!"

„Kannst Du mir da mal mit Susi helfen und es ihr beibringen?"

»Ausleihen? Das wundert mich allerdings nicht!«

»Klar helfe ich Dir, Bob!« - antwortete er lächelnd.

Jürgen stand auf und ging zu Lisa an den Stand hinüber. Hierzu waren zähe Verhandlungen zwischen Jürgen und der Menschenfrau Lisa nötig. Natürlich blieb es am Menschenfreund Jürgen hängen, wie er es seiner Susi beibringen sollte, dass sie zwei Wochen lang auf Bobs Nähe verzichten musste. Nach einiger Zeit und mit zwei Schalen Lachs bewaffnet kam Jürgen wieder zurück zum Tisch.

„Ist alles geregelt!" – sprach er kurz und knapp zu Bob.

Sie einigten sich, dass Bob am Ende der Veranstaltung für zwei Wochen lang bei Lisa bleiben durfte. Einzige Bedingung war, dass Lisa ihn danach wieder nach Hause zu Susi bringen musste.

»Fein, danke, Jürgen!«

»Und Susi?«

„Das muss ich noch machen!" – flüsterte er zu Bob.

Jürgen wurde es schon etwas komisch in der Magengegend, als er sich vorstellte, das der Susi beizubringen.

„Ach was solls, sie wird es schon überstehen!" – dachte Jürgen.

Die Zeiger der Uhr bewegten sich mittlerweile auf 23.30 Uhr, als das Ende der Veranstaltung eingeläutet wurde. Das Schiff war mittlerweile wieder kurz vor dem Eisernen Steg in Frankfurt angelangt und legte am Kai an. Nach einer kurzen Weile öffnete sich die Reling und alle Passagiere verließen die „Wappen von Frankfurt".

Jürgen und Tanja gingen in Richtung zum Auto. Susi, die kleine Maus und Bobs Freundin war noch immer in Tanjas Handtasche und schlief tief und fest. Sie bekam überhaupt nichts mit von dem Abend. Auch von der Heimfahrt bekam Susi nichts mit. So dauerte es eine knappe halbe Stunde Fahrt mit dem Auto, als Jürgen und Tanja wieder zuhause ankamen.

Tanja öffnete die Haustür, machte das Licht an und stellte vorsichtig ihre offene Handtasche auf den Esszimmertisch. Dann ging sie sofort ins Bad. Jürgen folgte ihr im kurzen Abstand. Er machte die Haustür von innen zu, löschte das Licht und folgte ganz leise seiner Tanja ins Bett. Sie schliefen durch bis zum nächsten Tag.

Als es Mittag wurde, wachten sie wieder auf. Susi war mittlerweile schon wach geworden, krabbelte aus der Handtasche und saß gelangweilt auf der Tischplatte des Esszimmertisches.

»Wo wohl Bob sein mag?« – fragte sich Susi.

Sie wusste noch nicht, dass Bob mit Lisa für zwei Wochen weggefahren ist. Inzwischen sind Jürgen und Tanja auch schon wach geworden. Jürgen kam vom Schlafzimmer die Treppe heruntergelaufen, um in der Küche das Frühstück zu machen.

„Hallo Susi, wie geht es Dir?"

„Ausgeschlafen?"

»Oh ja, so tief und fest habe ich schon lange nicht mehr geschlafen!«

»Weißt Du wo Bob ist?«

„Ja, Susi!"

„Er ist für zwei Wochen auf Reisen gegangen!"

»Auf Reisen?«

»Allein?«

„Nein, er ist zu einem Kochkurs gegangen, die von der Menschenfrau Lisa als Köchin geleitet wird!"

Susi schaute geschockt Jürgen an und wurde ganz traurig. Dabei kullerten ihr ein paar Tränen herunter.

»Und er hat sich nicht mal von mir verabschiedet!« – sprach Susi und wurde schon etwas wütend.

„He, Susi, Du musst nicht böse auf ihn sein, schließlich ging das alles so schnell!"

„Außerdem wollte er sich von Dir verabschieden!"

„Ich habe ihm aber gesagt, dass ich das für ihn mache!"

»Soso, hast Du das, Jürgen!?«

„Ich soll Dir aber noch ausrichten, dass er Dich sehr liebhat und es niemanden anderen für ihn geben wird!"

»Wirklich?«

„Ja, Susi!"

Susis dunkle Wolken verzogen sich genauso schnell, wie sie kamen. Geduldig wartete sie auf ihn. Schließlich waren es ja nur zwei Wochen, bis sie Bob wieder sehen würde. Am liebsten würde Susi in seinem Auto ihm nachfahren. Sie setzte sich gleich am ersten Tag nach Bobs Abwesenheit in das Auto und wollte schon losfahren, stellte aber dann fest, dass sie auf dem Tisch nicht weit kommen würde.

Schließlich verließ Susi wieder sein Auto und machte es sich auf dem Sofa im Wohnzimmer bequem.

***

Kapitel 12

Bob zweiwöchige Aufenthalte bei der Menschenfrau Lisa vergingen wie im Fluge. So kam es, dass Bob endlich wieder zu seiner Susi nach Hause konnte, die ihm doch inzwischen sehr fehlte. Seine Sehnsucht nach seiner süßen Maus wuchs dabei ins unermessliche.

Ruckzuck machte sich Bob auf den Weg nach Hause zu Susi. Es dauerte schon eine kleine Weile, bis er den Weg wieder zurückfand, aber er schaffte es zielsicher und doch schneller als gedacht. Als er sein Zuhause wieder erreichte und Susi nach so langer Zeit wiedersah, gab er ihr zur Begrüßung zum ersten mal einen Kuss.

»Was war das denn, Bob?« - fragte Susi etwas überrascht.

„Ach nur so, Susi, ich freue mich nur so sehr, wieder bei Dir zu sein!"

»Ich freue mich auch Bob, dass Du wieder da bist!«

Bob und Susi umarmten sich und knuddelten was das Zeug hielt. Dabei merkten sie zum ersten mal, wie sehr sie sich brauchen. Als Bob seine Susi zwischen seinen Pfoten hielt, wollte er sie gar nicht mehr loslassen. Immer noch in seinen Armen haltend, kam Bob eine großartige Idee.

Er stieß Susi plötzlich etwas zurück, schaute sie an und fragte.

„Sag mal, Susi, was hältst Du davon, wenn wir zwei, mal so richtig Urlaub machen würden?"

»Urlaub? Wo? Wie lange?«

„Na, an der Ostsee, auf der Insel Usedom, genauer gesagt in Heringsdorf?"

»So weit weg, Bob?«

»Wie kommst Du denn darauf?«

„Unser Menschenfreund Jürgen hat mich angesprochen, ob wir mitfahren wollten. Seine Tanja fährt auch mit!"

»Und wann?«

„Im Juli dieses Jahrs schon, Susi!"

»Na, wenn das so ist, Bob, dann gerne!«

„Cool!"

So kam es, dass Bob und Susi ihren ersten gemeinsamen Urlaub auf der Insel Usedom an der Ostsee verbringen wollten.

Es war der erste Samstag im Juli im Jahr. Der Tag der Abreise war gekommen. Tags zuvor packten

Bob und Susi schnell ihre Rucksäcke zusammen mit all den Sachen, die sie brauchten. Jürgen und Tanja wollten schon sehr früh morgens bei ihnen vorbeikommen und sie mit ihrem Auto einsammeln.

So kam es, dass um fünf Uhr morgens an diesem Tag an Bobs Haustür geklingelt wurde. Es waren Jürgen und Tanja, die reisebereit waren.

„Wir kommen gleich!" – rief Bob und Susi gleichzeitig.

Kurz darauf verließen Bob und Susi die Wohnung, stiegen ins Auto zu Jürgen und Tanja ein und fuhren los. Bob und Susi waren mächtig aufgeregt. Aber im Gegensatz zu sonstigen Reisen waren Bob und Susi diesmal sehr ruhig. Sie waren doch noch sehr müde vom frühen Aufstehen und schliefen während der ganzen Fahrt. Rund acht Stunden Autofahrt waren nötig, bis sie schließlich in Heringsdorf am frühen Nachmittag im Hotel ankamen.

Jürgen lud inzwischen das Gepäck aus dem Auto, während Tanja im Hotel eincheckte. Bob und Susi hatten diesmal kein eigenes Zimmer. Sie übernachteten bei Jürgen und Tanja im Zimmer, welches einen kleinen Nebenraum hatte. Als Tanja mit dem Zimmerschlüssel in Hand zum Auto kam, gingen alle vier mit Ihrem Gepäck auf das Zimmer.

Dort angekommen, stellten sie das Gepäck ab und schauten sich das Zimmer genau an. Besonders Bob und Susi waren sehr gespannt auf den Nebenraum.

„Boah Susi, das ist ja ein toller Raum, schau doch mal!"

»Ja, Bob, so geräumig und erst die Aussicht direkt auf das Meer, einfach genial!«

Bob und Susi waren Sprachlos. Aber auch Jürgen und Tanja waren von ihrem Zimmer sehr angetan. Die lange Fahrt mit dem Auto machten Jürgen und Tanja doch etwas zu schaffen und forderten ihren Tribut. Deshalb ruhten sie sich etwas aus. Das Abendessen gab es um achtzehn Uhr. Auch Bob und Susi machten ein Schläfchen bis zum Abendessen.

Eine Stunde lang verschliefen Jürgen und Tanja, während Bob und Susi schon ungeduldig warteten.

„Boah, das fängt ja schon gut an!" – sprach Jürgen und weckte Tanja.

Hastig zogen sie sich an und eilten zum Abendessen. Genüsslich verdrückten sie Gang für Gang das wunderbare Essen. Nach rund einer Stunde tranken sie noch einen Absacker an der Bar. Eine ganze Weile später verließen sie die Bar und gingen wieder auf ihre Zimmer. Die lange Autofahrt forderte von Jürgen und Tanja ihren Tribut.

Am nächsten Morgen, es war kein besonders schönes Wetter, gingen Jürgen, Tanja, Bob und Susi erst einmal Frühstücken. Während sie genüsslich ihren Kaffee tranken und ihre Brötchen verdrückten, beschlossen Jürgen und Tanja, einen etwas größeren Spaziergang durch Heringsdorf zu machen, in der Hoffnung, dass sich das Wetter änderte. Natürlich wollten sie auch auf die berühmte Seebrücke gehen.

Mit gefülltem Magen machten sich alle vier auf den Weg, zum ersten mal die Strandpromenade zu erkunden mit abschließendem Ziel, auf die Seebrücke zu gehen.

Erst am späten Nachmittag kehrten sie wieder zum Hotel zurück und ließen den Abend gemütlich ausklingen.

Die Begegnung mit dem Piraten Harry

Als Bob mit Susi ganz allein am zweiten Tag in Heringsdorf ganz gemütlich am Spätnachmittag an der Strandpromenade entlang schlenderten, kamen sie an einem Brunnen vorbei und setzten sich auf den Brunnenrand.

Als Bob und Susi einen Moment lang so dasaßen, kam Bob auf die Idee, auf dem Rückweg zum Hotel, noch einen Abstecher am Strand zu machen.

So hüpften Bob und Susi wieder vom Brunnenrand herunter und kamen nach rund einer Stunde Rundgang an der Promenade am Eingang des Hoteleigenen Strandes an.

Nur eine befestigte Düne, die als Radweg und Fußgängerweg diente, trennte die Beiden vom Strand.

„Hey, Susi, komm, wir gehen vor dem Abendessen noch mal an den Strand und genießen das Meeresrauschen."

»OK, Bob, Du bist ja richtig romantisch!« – antwortete Susi und lächelte ihn an.

„In der Tat, Susi, manchmal schon!" antwortete Bob und konnte sich ein Grinsen nicht verbeißen.

Bob nahm Susis Pfötchen und beide gingen Pfote an Tatze über die Düne zum Strand hinunter. Dabei mussten sie sehr aufpassen, dass sie heil die andere Seite erreichten, denn der Übergang war ziemlich gefährlich.

Viele Menschenfahrräder kreuzten ihren Weg, aber sie haben es ohne Unfall geschafft. Vor ihnen lag nun ein feiner und gepflegter Sandstrand, der förmlich zum Verweilen einlud.

Bob und Susi ließen sich in der Nähe eines Gebüsches nieder und beobachteten in aller Ruhe die Wellen, die sie sich allmählich nicht weit von Ihnen auflösten.

Zu ihrer Überraschung waren nicht viele Menschen zu diesem Zeitpunkt am Strand, sodass sie keine Angst zu haben brauchten, entführt oder gekidnappt zu werden.

Die Sonne war bereits im Begriff, ihre Farbe in ein wunderschönes Abendrot zu verändern, was aber durch die dicken Wolken jäh verhindert wurde.

»Ach, Bob, das ist so schön hier!«

„Ja, Susi, es ist traumhaft!" – erwiderte Bob.

Plötzlich raschelte es etwas im Gebüsch hinter ihnen. Bob erschrak etwas und drehte sich um, aber er sah nichts. Bob und Susi widmeten sich wieder dem schönen Blick auf das Meer. Kurze Zeit später raschelte es wieder im Gebüsch.

Erneut drehte sich Bob um. Wieder sah er nichts. Auch Susi drehte sich um, die aber auch nichts erkennen konnte. Doch etwas verwundert drehten sich beide wieder in Richtung des Meeres und genossen die Aussicht.

Bob und Susi waren sehr entspannt und genossen die Zweisamkeit.

Es war schon verdächtig ruhig. Nur das Rauschen der Wellen und eine leichte Brise waren zu hören. Wenig später war wieder war ein Rascheln aus dem Gebüsch zu hören, welches diesmal etwas lauter

war, als das vorhergehende Rascheln. Bob und Susi jedoch ignorierten es. Plötzlich und völlig überraschend sprang ein Piratenbärchen mit einem Säbel bewaffnet aus dem Gebüsch und bäumte sich drohend vor Bob und Susi auf.

»Ich bin der berüchtigte Pirat Harry der Starke! Geld oder Leben?« - schrie er mit tiefer Piratenstimme.

Susi erschrak sehr und klammerte sich ängstlich an Bob. Bob währenddessen musste doch etwas lächeln, als er das Piratenbärchen mit dem silbernen Säbel sah.

»Was gibt es da zu lachen?« – schrie Harry Bob an.

„Na ganz einfach, wir haben kein Geld!“ – antwortete Bob.

Harry, der sonst nicht so wortkarg war und sonst sehr aggressiv wirkte, wurde plötzlich ganz still.

»Ja, wie, kein Geld?« – schrie Harry.

Harry ging auf Bob und Susi zu und schaute sie sich genauer an.

»Ihr habt ja nicht mal Schmuck an!« – schrie Harry.

»Ihr lügt mich auch wirklich nicht an!?«

„Tja, Harry, tut uns wirklich leid. Ich bin ein sehr armes Bärchen und Susi ist eine ganz arme Maus!"

„Schätze, heute hast Du kein Glück auf Beute!" – sprach Bob.

Harrys Miene veränderte sich schlagartig zu einer geknickten und fast schon traurigen Gestalt. Kopfhängend murmelte er irgendetwas vor sich her, was kaum zu verstehen war. Plötzlich hatte Bob etwas Mitleid mit Harry.

„Hey, Harry, nimm es nicht so schwer, Du findest bestimmt noch Beuteopfer!" – sprach Bob zu ihm

und klopfte ihm sanft dabei auf seine kleine
Schulter.

„Hast Du es schon mal mit Verstärkung probiert?"

»Verstärkung? Ich? Nö!« – antwortete Harry und
hatte doch etwas Einsicht für Bob und Susi, dass da
nix zu holen war.

»Ach weißt Du, in der heutigen Zeit ist das mit der
Piraterie gar nicht mal so einfach.«

»Wie heißt ihr eigentlich?« - sprach Harry.

„Also ich bin der Bob und die süße Maus neben
mir ist die Susi."

»Ach Bob, ich weiß nicht, irgendwie haben die
Leute heute kein Geld mehr, ich weiß gar nicht, wie
ich noch als Pirat überleben soll!?«

»Da war das beim Onkel Klaus Störtebekers Zeiten noch ganz anders!«

Völlig verzweifelt und enttäuscht steckte Harry wieder seinen Säbel weg und wurde doch etwas traurig. Nach einer kurzen Pause fing Harry der Starke von früheren Zeiten zu erzählen. Bob und Susi waren sehr beeindruckt von seinen Geschichten, die er doch sehr wehmütig erzählte.

„Ach Harry, ist doch alles nicht so schlimm!"

»Doch, weil ich nicht weiß, wovon ich leben soll!«

„Na, da finden wir schon eine Lösung, Harry!"

Bob schaute Susi an, die anscheinend den gleichen Gedankengang wie Bob hatte und nickte ihm zu.

„Schau mal, Harry, wir sind mit einer Menschenfrau und einem Menschenmann hier. Die haben bestimmt nichts dagegen, wenn wir dich, so lange wir hier in Heringsdorf sind, einfach mitnehmen!"

»Meint ihr wirklich?«

„Na klar, Harry!" – antworteten Bob und Susi gleichzeitig.

»Boah, zum Klabautermännchen, das wäre ja echt Seemannsstark!« - antwortete Harry und freute sich sehr.

„Gut, dann lass uns heute nochmal hier etwas allein und morgen bist Du dann bei uns!"

Prima, wo treffen wir uns?

„Na, hier, an der Düne, wo Du uns überfallen hast!" – sprach Bob und konnte das Lachen nicht verbeißen.

»OK, Piratenehrenwort. Ich bin da!« - erwiderte Harry.

Sie verabschiedeten sich voneinander und gingen ihre Wege für den heutigen Tag. Bob und Susi wollten noch weiter an den Strand gehen. Von weitem sah Susi viele Strandkörbe stehen.

»Komm, Bob, lass uns mal zu dem Strandkorb da drüben gehen, da hat man bestimmt eine großartige Aussicht!?« - piepste Susi ganz aufgeregt.

Susi zog Bob mit ihrer kleinen Pfote über den Sand zum Strandkorb. Als beide davorstanden, nahm Susi einen kräftigen Anlauf und hüpfte auf das Dach des Strandkorbes. Bob folgte ihr.

„Was für eine tolle Aussicht, Susi!"

»Ja, Bob, sehr schön!«

Bob und Susi blieben noch eine ganze Weile auf dem Strandkorb sitzen und genossen die Aussicht auf das Meer und beobachteten die vielen Menschen, die sich am Strand tummelten.

Jürgen und Tanja machten es sich auf der Hotelterrasse gemütlich und ließen sich die Sonne auf ihre Körper scheinen. Susi bekam plötzlich Angst, als sie eine große Möwe am Strand, kurz vor ihrem Strandkorb, herumlaufen sah.

»Hey, Bob, warum guckt uns die Möwe so böse an?«

Bob schaute zur Möwe hinunter und lächelte etwas.

„Näää, Susi, die Möwe guckt uns nicht böse an, die hat nur etwas Hunger!"

„Möwen essen keine Stofftiere, da kannst Du ganz beruhigt sein!" – sprach Bob seine Susi.

»Wirklich, Bob?«

„Ja, Susi! Außerdem kannst Du ja morgen mal Harry fragen, der muss es ja als Piratenbärchen wissen!"

»Gut, das mache ich, Bob!«

Die Zeit verging wie im Fluge. Das Abendessen näherte sich in großen Schritten. Bob und Susi machten sich auf den Rückweg ins Hotel, um mit Jürgen und Tanja zum Abendessen zu gehen. Auf dem Weg dorthin, kamen sie an einem Schiff vorbei mit dem Namen Seeschwalbe. Natürlich konnte sich Bob und Susi nicht zurückhalten, auf das Boot zu klettern.

Von dem Schiff hatten die Beiden einen tollen Ausblick auf den Heringsdorfer Strand. Kurze Zeit später hüpften sie wieder von dem Schiff herunter und gingen zum Hotel zurück.

Ohne dass Bob und Susi es wussten, kaufte der Menschenmann Jürgen inzwischen ein kleines Boot für sie, damit Bob und Susi auch mal auf dem Wasser fahren konnten.

Hochseefest war das Bötchen allerdings nicht. Nichtsdestotrotz machten Bob und Harry noch am selben Tag, vor dem Abendessen, erst einmal eine Probefahrt im Hoteleigenen Pool.

»Bei den Klabautermännern! Jungfernfahrt bestanden!« – schrie Harry mit kräftiger Stimme.

„Juhuuu, da können wir ja mal Susi mitnehmen!" – rief Bob.

Nach der bestandenen Jungfernfahrt musste Jürgen das Bötchen wieder aus dem Wasser holen, da es doch etwas zu schwer war für Bob oder Harry.

Am nächsten Tag wurde erst einmal eine Trockenübung gemacht, ob auch alle Drei auf das Boot passten. Jürgen stellte das Boot auf einen Tisch.

Nacheinander hüpften Bob, Susi und Harry auf das Boot.

„Ist zwar etwas eng, aber im Pool müsste es gehen!" – sprach Bob.

»Hallo Jürgen, bring uns mal mit dem Schiff zu Wasser!« – rief Harry zu ihm.

„Ajaj, Käpten Harry, wird erledigt!"

Jürgen stand vom Stuhl auf, nahm das Bötchen in seine Hände und trug es vorsichtig mit Besatzung zum Pool. Natürlich blieb es nicht von den anderen Hotelgästen verborgen, die sich bei diesem Anblick ein Lächeln nicht verbeißen konnten. Als Jürgen am Pool ankam, war zu dieser Zeit niemand drin im Wasser, also optimale ruhige See.

»Boah, glatt wie ein Babypopo ist die Wasseroberfläche!« - rief Harry sofort, als er das sah.

Jürgen beugte sich etwas nach vorn und ließ das Bötchen zur ersten Jungfernfahrt mit voller Besatzung ins Wasser gleiten.

»Ahoi, Jürgen, Schiff mit voller Beladung voll funktionsfähig!« - rief Harry zufrieden.

Jürgen lächelte doch ein wenig, als er die drei auf dem Bötchen schwimmen sah.

»Das ist ja wie in früheren Zeiten!« – freute sich Harry.

Einige Minuten ließ Jürgen ihnen den Spaß, bevor er wieder das Bötchen aus dem Wasser hob und ins Trockendock beförderte.

»Das war schöööön! Nochmal, nochmal!« – riefen Susi, Bob und Harry gleichzeitig.

„Wollt ihr mal im Meer eine Jungfernfahrt machen?"

»Au fein, wie in alten Zeiten!« – rief Harry.

»Jajajaja!« – riefen Bob und Susi begeistert.

Jürgen hob das Bötchen vorsichtig mit kompletter Besatzung vom Boden hoch und hielt es in der Hand. Der Menschenfreund Jürgen lächelte und trug das Bötchen vorsichtig an den Strand hinunter.

„Seid ihr bereit?" – sprach Jürgen als er am Strand ankam und schaute dabei Harry an, der schon völlig ungeduldig war.

»Bereit!« – war die Antwort der Besatzung.

Jürgen ging ein paar Schritte ins Wasser und setzte vorsichtig das Bötchen in die Brandung ab.

»Ui, was für ein toller Seegang!« – freute sich Harry.

Bob und Susi wurde es etwas übel. Das Bötchen schaukelte gefährlich hin und her. Schon beim zweiten Wellengang kenterte das Bötchen und alle drei fielen ins Wasser. Zum Glück war Jürgen in der Nähe und konnte sie sofort aus den Fluten retten.

»Boah, das war genial!« – rief Harry freudenstrahlend und schüttelte sich das Wasser von sich ab.

Bob und Susi waren dagegen nicht sonderlich begeistert. Völlig erschöpft und durchnässt zogen sich Bob, Susi und Harry auf das Zimmer zurück und erholten sich von dem Meeresabenteuer bis zum nächsten Morgen...

*

Der Ausflug nach Ahlbeck

Das Wetter hatte sich gebessert. Die Sonne hat es sich doch anders überlegt und wollte das Seebad Heringsdorf mit Ihren Strahlen erwärmen. An diesem Tag beschlossen Tanja und Jürgen einen Spaziergang zum Seebad Ahlbeck zu unternehmen. Da es doch ein etwas längerer Spaziergang würde und die Drei Stofftiere natürlich auch mitwollten, kam Tanja auf die Idee, sie in ihrer Tasche mitzunehmen. Also hüpften alle Drei auf einen Tisch, wo Tanjas Tasche bereit lag.

„Hallo, Tanja, mach mal Deine Tasche auf, damit wir reinklettern können!" – rief Bob ungeduldig.

»Oh, Entschuldigung Bob, das habe ich ganz vergessen!« – antwortete Tanja und machte schnell den Reißverschluss ihrer Tasche auf.

Kaum war der Reißverschluss offen, hüpften Bob, Susi und Harry in die Tasche hinein und warteten.

„Wir sind drinnen!" – rief Bob.

Tanja nahm vorsichtig ihre Tasche, hing sie um ihre Schulter und ging los. Jürgen folgte ihr.

»Ui, ist das lustig getragen zu werden!« – rief Susi begeistert.

Bob und Harry genossen den Transport ebenso und waren ganz ruhig. Schon nach einer halben Stunde Fußmarsch auf der Strandpromenade, kamen Tanja und Jürgen an einer Trimmstation vorbei. Als die Stofftiere das sahen, wollten sie sich natürlich etwas sportlich betätigen. Denn das Schaukeln der Tasche beim Gehen machte doch etwas müde.

Tanja blieb also stehen, ließ ihre Tasche herunter und schon hüpften Bob, Susi und Harry heraus. Hastig rannten sie zu etwas komischen Tellern hinüber, kletterten hinauf und sprangen auf und ab. Jürgen musste das natürlich auch mal ausprobieren.

„Das macht Spaaaß!" – rief Harry und Bob gleichzeitig. Für Jürgen war das bei seinem Gewicht

allerdings nicht so ganz einfach.

„Na, Jürgen, bist du etwa zu schwer?" – frotzelte Bob und lachte frech.

»Jaja, lach Du nur!« – antwortete Jürgen und stieg wieder vom Teller herunter.

Nach ihrer kurzen sportlichen Betätigung hüpften Bob, Susi und Harry wieder zurück in Tanjas Tasche, sodass Jürgen und Tanja ihren Spaziergang fortsetzen konnten. Schließlich kamen sie nach einigen Minuten an der Seebrücke in Ahlbeck an.

„Hallo Tanja, lass uns mal wieder raus!" – rief Bob.

Tanja setzte Bob und Susi auf das Geländer der Seebrücke und ging danach ein Stück weiter.

Jürgen blieb bei den Beiden am Geländer stehen und passte auf sie auf. Harry verweilte noch ein wenig in der Tasche. Als Tanja wenig später zurückkehrte, wollte Harry plötzlich an den Strand, um sich das Meer anzuschauen.

„Wir wollen mit!" – rief Bob und Susi, als sie Harry hörten.

Jürgen nahm Bob, Susi und Harry vorsichtig in seine Hände und setzte sie sanft auf einen kleinen Sandhügel am Strand ab.

»Ach ist das schön hier!« – seufzte Harry.

„Ja, Harry, das Rauschen der Wellen, der sanfte Wind und die herrliche Luft hier sind einfach ein Traum!" – erwiderte Bob.

Susi war währenddessen ganz still. Sie war einfach hin und weg. Plötzlich riss Jürgens Stimme die Drei aus ihrer Traumwelt.

„Wir müssen weiter!" – rief Jürgen in einem etwas lauten Ton.

„Och schon?" – riefen Bob, Harry und Susi.

»Ja, sonst wird es zu spät mit dem Abendessen!« – erwiderte Tanja.

Etwas brummig erhoben sich Bob, Susi und Harry und gingen zu Tanja zurück, die bereits mit ihrer offenen Tasche wartete.

»Los, hineinspringen!« - rief Tanja.

Wortlos hüpften Bob, Susi und Harry zurück in die Tasche. Jürgen und Tanja machten sich wieder auf den Rückweg zum Hotel. Auf dem Weg dorthin kamen sie an einer Kneipe vorbei und machten eine kurze Pause.

Jürgen wollte sich noch ein kühles Bier gönnen, bevor es weiter ins Hotel ging. In der Fototasche hatte Jürgen noch ein Stück trockenes Brötchen dabei. Als Tanja, Jürgen, Bob, Susi und Harry so dasaßen, kamen plötzlich zwei Möwen vorbei und schauten ihn an. Eine große Seemöwe und eine Lachmöwe forderten ihre ganze Aufmerksamkeit. Es war eine Aufforderung zum Füttern. Jürgen griff in seine Fototasche, holte ein trockenes Brötchen heraus und machte lauter kleine Stückchen daraus. Dann hielt Jürgen ein kleines Stück Brötchen der großen Möwe hin. Die Lachmöwe hatte sich inzwischen davon gemacht.

Natürlich verschlang die Möwe gierig das kleine Stück Brötchen.

„Das will ich auch mal versuchen!" – rief Bob energisch.

Er krabbelte hastig aus Tanjas Tasche, nahm sich ein paar Brötchenstücke und setzte sich nicht weit weg auf einen Rasen und wartete geduldig.

Jede Menge Brötchenstückchen hatte er vor sich hingelegt, in der Hoffnung, dass auch eine Möwe zu ihm kommen würde, aber es kam niemand.

Kein einziger Vogel kam zu ihm. Nicht einmal die so gierigen Spatzen. Bob wurde doch etwas traurig.

„Hm, warum mögen die mich nicht!" – rief Bob zu Jürgen.

„Du, Bob, vermutlich kennen die Möwen die Menschen und haben sich an sie gewöhnt. Aber Stoffbärchen an der Ostsee sind anscheinend nicht so üblich und die Möwen haben Angst vor Euch!" – antwortete Jürgen.

„Och hey, das ist doch gemein, wir tun doch nix!"

Etwas niedergeschlagen und enttäuscht ging Bob dann zurück zu den anderen. Neben dem Tisch, an dem Tanja und Jürgen saßen, war eine große und rustikale Laterne. Bob beschloss, erst mal am Boden zu bleiben und sich gemütlich an der Laterne anzulehnen. Dabei beobachtete er stets die Stelle im Rasen, wo er das Futter für die Möwen hingelegt hatte.

„Vielleicht kommt ja doch noch eine Möwe zu mir!" – dachte er.

Geduldig saß er da und zog viele Blicke von vorbeilaufenden Menschenkindern und anderen Menschen auf sich.

Bob hatte aber keine Angst, dass er vielleicht entführt wird, denn Jürgen passte ja gut auf ihn auf. So schaute er unentwegt zum Futter hinüber, aber es kam einfach niemand. Nicht mal ein kleiner Spatz oder ein anderer Vogel interessierte sich dafür.

Plötzlich jedoch näherte sich Bob ein großer Hund. Neugierig beschnupperte er ihn.

Bob blieb ganz ruhig und bewegte sich nicht, um ja nicht gefressen zu werden. Aber irgendwie stand der Hund nicht auf Stofftiere. Er schlabberte Bob mit seiner großen Zunge ab, aber Bob blieb immer noch ganz stillsitzen.

Nach dem Bob immer noch keine Reaktion zeigte, verlor der Hund das Interesse und zog unverdrossen wieder ab. Zurück blieb ein vollgesabberter Bob, der sich mit aller Mühe der Feuchtigkeit entledigte.

Nach diesem Ereignis hüpfte Bob sofort wieder zurück in Tanjas Tasche und wollte sich nicht mehr blicken lassen, bis sie wieder im Hotel zurück waren. Kurz darauf machte sich Tanja, Jürgen Susi und Harry auf den Rückweg weiter zum Hotel.

Das mit Bobs Rückzug änderte sich allerdings schlagartig, als wenig später Harry rief:

»Hey, guckt mal, da ist ein schöner Wachturm und da sitzt auch eine Menschenfrau ganz in Rot drin!«

»Der Turm hat die Nummer neun!«

»Tanja, lass uns doch mal da rüber gehen!« – schrie Harry.

Bob wurde plötzlich doch neugierig und streckte, wie auch schon zuvor Susi und Harry, den Kopf aus Tanjas Tasche.

„Boah, das ist ja großartig, da hat man bestimmt eine super Aussicht!" – rief Bob.

»Darauf kannst Du wetten!« – antwortete Harry.

Tanja verließ die Strandpromenade und ging durch einen schmalen Dünendurchgang, der direkt zum Turm führte. Sie stellte die Tasche ab und schon sprangen Harry, Susi und auch Bob aus der Tasche.

Zügig kämpften sie sich durch den feinen Sand, bis sie letztlich an der Treppe des Turmes ankamen und diese hinaufgingen, bis kurz vor das Podest.

„Schade, auf dem Schild da oben steht Zutritt verboten!" – rief Bob etwas traurig, als er jenes Schild sah, dass über dem Podest zwischen dem Geländer hing.

„Da dürfen wir nicht auf den Turm!" – rief Bob.

»Kommt, lasst und zu Tanja zurückgehen!« – piepste Susi ganz laut und setzte sich als erste in Bewegung, die Treppe wieder zu verlassen.

„Schade, war wohl nix!" – riefen Bob und Harry gleichzeitig, schauten sich dabei gegenseitig an und folgten Susi gleich darauf.

Tanja und Jürgen warteten bereits an der Strandpromenade, um Bob, Susi und Harry wieder aufzunehmen. Zügig hüpften sie in Tanjas Tasche hinein und verkrümelten sich darin, sodass man sie nicht von außen sah.

Kurze Zeit später kamen Jürgen und Tanja am Hotel wieder an. Ein letzter Blick von der Terrasse des Hotels auf die Ostsee sollte der Ausklang des Tages für Bob und Susi sein, bevor sie mit Tanja, Jürgen und Harry auf das Zimmer gingen.

„Boah, war das ein Tag!" – stöhnte Bob und war fix und fertig.

Auch Harry und Susi waren völlig erledigt und sehnten sich nur noch nach einer Ausruhgelegenheit.

Mit letzten Kräften folgten sie Tanja und Jürgen ins Zimmer, hüpften auf die Couch, legten sich hin und schliefen sofort ein.

Erst am nächsten Morgen wachten sie wieder auf, gerade rechtzeitig, um zum Frühstücken zu gehen und gut gestärkt sich für den nächsten Ausflug vorzubereiten...

*

Der Ausflug nach Zinnowitz

Als der nächste Morgen anbrach, waren gerade Jürgen und Tanja im Begriff aufzustehen. Noch etwas gerädert vom Vortag machten sich alle fertig, um zum Frühstücken zu gehen. Jürgen und Tanja mussten sich gut stärken, denn heute stand ja der Ausflug zum Seebad Zinnowitz auf dem Programm.

Am Vorletzten Urlaubstag wollten alle, außer Harry, gemeinsam nochmal die Landschaft genießen. Gleich nach dem Frühstück fuhren alle vier mit dem Bus zum Bahnhof nach Bansin, während Harry in Heringsdorf blieb.

Dort warteten sie auf die Usedomer Bäderbahn, die direkt zum Seebad Zinnowitz fuhr. Natürlich hatte Bob wie immer nur Unfug im Kopf. Die Bahn kam ja erst in zehn Minuten. Also genug Zeit, zusammen mit Susi auf dem Bahnhof etwas herumzutollen. Es dauerte nicht lange, nachdem Jürgen und Tanja ihre Fahrscheine zogen, als Bob und Susi durch die offene Tür zum Bahnsteig rannten und etwas weiter weg einen Prellbock sahen.

„Komm, Susi, lass uns mal da rüber zum Prellbock gehen, da haben wir bestimmt eine gute Aussicht!"

Susi verdrehte etwas die Augen, ging aber mit ihm mit. Kaum dort angekommen, kletterten sie hinauf und setzten sich hin.

Dort hatten sie einen guten Rundumblick über das Bahnhofsgelände.

„Ist das nicht schön, Susi?"

»Ja, Bob, das ist sehr schön hier, nur schade, dass wir wieder bald nach Hause müssen!«

Als Bob das hörte, wurde er plötzlich ganz still. Seine zuvor gute Laune verwandelte sich für einen kurzen Moment in eine Art Tiefpunkt, aber er ließ sich dadurch nicht die Stimmung verderben.

„Müssen wir wirklich schon wieder bald nach Hause, Susi?"

„Können wir nicht einfach hierbleiben?" – sprach Bob.

»Ach, Bob, das geht nicht so einfach. Denke doch mal an Dein Zuhause, an Deine Freunde und Deine Selbsthilfegruppe!«

„Ja, Susi, Du hast ja Recht!"

Plötzlich erklang die Lautsprecherdurchsage, dass der Zug in Kürze einfahren wird. Hastig hüpften sie vom Prellbock herunter und eilten zu Tanja und Jürgen, die bereits am richtigen Bahnsteig warteten. Als Bob und Susi neben Jürgen und Tanja ankamen, fuhr auch schon der Zug ein und hielt an.

Die Türen öffneten sich und sie stiegen ein. Bob und Susi folgten Jürgen und Tanja zu ihrem Sitzplatz. Viele Blicke von anderen Reisenden zogen sie auf sich.

Da war es wieder, Bobs Gefühl, jederzeit gekidnappt zu werden. Schnell und ein wenig ängstlich hüpften Bob und Susi auf ihren Platz und waren froh, bei Jürgen und Tanja sitzen zu können.

„So ganz allein dazusitzen ist auch nicht schön!" – dachte Bob und kuschelte sich an Susi.

Tanja und Jürgen saßen gegenüber auf den Sitzen. Irgendwie schien Tanja die Gedanken von Bob gelesen zu haben, denn kurz bevor der Zug seine Fahrt fortsetzte, wechselte Tanja ihren Platz und setzte sich direkt neben Bob und Susi.

Während der Fahrt wollten Bob und Susi aus dem Fenster schauen, aber sie sahen nichts, da sie zu klein waren. Also hüpften sie kurz darauf auf den kleinen Ablagetisch, der an der Seitenwand unter dem Fenster montiert war und schauten hinaus. Jürgen saß gegenüber von Tanja und schaute auch aus dem Fenster.

„Ui, der Zug fährt aber schnell!" – dachte Bob und staunte nicht schlecht.

„Boah, Susi, die Bäume und die Häuser rauschen so schnell vorbei!"

„Man kann ja gar nicht richtig gucken, ohne dass es einem schwindelig wird!" – sprach Bob.

»Oh ja, Bob!« – erwiderte Susi, richtete ihren Blick vom Fenster weg und schwieg.

Die Fahrt dauerte rund fünfundzwanzig Minuten, bis sie in Zinnowitz am Bahnhof ankamen. Dort verließen sie den Zug und gingen zum Bahnhofsausgang. Von dort waren es etwa fünfzehn Gehminuten bis zur Strandpromenade. Damit es nicht zu lange dauerte, nahm Tanja Bob und Susi in die Hand und setzte sie wieder in Ihre Handtasche. Beide schauten während des Weges zur Seepromenade aus der Handtasche heraus, bis sie dann an der Seepromenade am Lift Café ankamen.

Es sah schon irgendwie lustig aus. Tanja machte sich auf viele Menschen aufmerksam. Bob und Susi verließen Tanjas Tasche und setzten sich auf einen Poller.

„Ui, hier ist ja was los!" – staunten Bob und Susi.

»Kommt, ihr zwei, wir gehen mal zur Seebrücke!« - sprach Tanja.

Bob und Susi hüpften von dem Poller herunter und folgten Jürgen und Tanja über die Seebrücke zum Schiffsanleger. Es war schon ein beschwerlicher Weg für Bob und Susi über die Seebrücke zu gehen, die aus lauter Holzbohlen bestand. Zudem bestand die Gefahr, sich einen Holzsplitter in die Pfoten reinzuziehen. Also mussten sie sehr vorsichtig laufen. Als sie aber dort doch sicher und unverletzt ankamen, wollten Bob und Susi in die Luft.

„Jürgen, halte uns mal hoch!" rief Bob.

Etwas verwundert bückte er sich zu ihnen herunter, hob Bob und Susi vom Boden hoch und hielt sie kopfüber mit seinen Händen unter das Schild.

»Lass uns wieder runter, mir wird es ja ganz schwindelig!« - piepste Susi.

Jürgen setzte beide wieder am Boden ab und sie verließen kurz darauf wieder die Seebrücke. Plötzlich kamen sie an einem Schild vorbei, wo etwas über die Legende der Vinetabrücke stand. Alle vier blieben davorstehen. Tanja nahm Bob und Susi in die Hand und hielt sie hoch, als Jürgen den Text vorlas:

„Zinnowitz, die einstige Stadt Vineta, ist der Sage nach bei einem Sturmhochwasser untergegangen.

Grund sei der moralische Verfall der Stadt gewesen!"

»Hä? Moralischer Verfall?« – fragten Bob und Susi.

„Ja, der Hochmut und die Verschwendung der Bewohner. Dabei gab es eine Warnung. Drei Monate, drei Wochen und drei Tage vor dem Untergang der Stadt erschien sie über dem Meer mit allen Häusern, Türmen und Mauern als farbiges Lichtgebilde." – las Jürgen weiter.

»Farbiges Lichtgebilde? Etwa ein Regenbogen?« – fragte Susi weiter.

„Hm, mal sehen…!"

„Die Ältesten rieten allen Leuten daraufhin, die Stadt zu verlassen, denn sehe man Städte, Schiffe oder Menschen doppelt, so bedeute das immer den Untergang. Doch die Bewohner Vinetas kümmerten sich in ihrem Mangel an Demut nicht darum. Niemand beachtete auch die allerletzte Warnung!" – las Jürgen den Text weiter.

»Ui, da bekommt man ja Angst!« - sprach Bob.

Auch Jürgen und Tanja stutzen ein wenig. Dennoch setzte Jürgen das Lesen fort.

„Einige Wochen später tauchte eine Wasserfrau dicht vor der Stadt aus dem Meer und rief dreimal mit hoher, schauerlicher Stimme:

„Vineta, Vineta, du rieke Stadt, Vineta sall untergahn, wieldeß se het väl Böses dahn"

„Vineta, Vineta, du reiche Stadt, Vineta soll untergehn, weil sie viel Böses getan hat."

Noch heute sollen Glocken aus den Tiefen des Meeres zu hören sein!"

„Hm, ob das wirklich wahr ist?" – wunderte sich Jürgen, als er mit dem Lesen fertig war.

»Boah, das ist ja richtig gruselig!« - sprach Susi.

Nach dieser schauerlichen Geschichte verließen sie wieder die Seebrücke und schlenderten etwas die Seepromenade entlang. Von weitem fiel Bob eine steinerne Bank in sein Blickfeld.

„Hey Susi, schau mal da drüben!"

»Hä? Was denn Bob?« - fragte Susi etwas konfus.

„Na, da drüben, die steinerne Bank, siehst Du sie nicht?!"

»Ahja, ich sehe sie!« - piepste Susi.

„Die kommt ja gerade recht, um sich ein wenig auszuruhen!" – sprachen Bob und Susi gleichzeitig.

Beide hüpften nacheinander auf die steinerne Bank und machten es sich gemütlich. Jürgen und Tanja standen vor der Bank und beobachteten die Beiden.

„Püh, die ist etwas zu warm!" – sprach Bob und Susi und hüpften kurz darauf wieder herunter.

Die Sonne hatte die steinerne Bank zu sehr erwärmt, sodass ein längeres Sitzen darauf nicht möglich war. Tanja und Jürgen setzten ihren Rundgang währenddessen über die Strandpromenade fort, bis sie an ein Lokal kamen, wo auch sie etwas pausieren konnten. Tanja und Jürgen bestellten sich beim Kellner etwas zu trinken, während Bob und Susi wieder auf Erkundungstour gingen. Schließlich brachen sie ihre Erkundungstour ab und folgten Jürgen und Tanja zum Lokal. Von weitem sahen Bob und Susi ihre Menschenfreunde an einem Tisch sitzen. Zügig gingen sie darauf zu und setzten sich zu Ihnen an den Tisch. Ein goldener Frosch lockte sie an, der nicht weit vom Tisch war. Neugierig und voller

Abenteuerlust gingen sie zu ihm und hüpften auf seine Hände. Dort verweilten sie etwas.

Jürgen und Tanja genossen ihre kalten Getränke und das schöne Wetter. Als Jürgen auf seine Uhr schaute, staunte er nicht schlecht, dass die Zeit so schnell verging.

„Tanja, wir müssen langsam los, damit wir rechtzeitig im Hotel zum Essen sind!" – sprach Jürgen.

»Oh ja, in zehn Minuten müssen wir gehen!«

Jürgen drehte sich zu Bob und Susi, die immer noch auf dem goldenen Frosch verweilten.

„Juhu Bob und Susi, kommt ihr dann, wir müssen gleich los!"

Ohne Worte hüpften Bob und Susi vom Frosch herunter und eilten zum Tisch zurück. Jürgen hatte inzwischen schon bezahlt, sodass sie sich auf den Heimweg machen konnten. Als Bob und Susi am Tisch ankamen, kletterten sie wieder in Tanjas Handtasche hinein. Kaum saßen sie drin, verließen sie das Lokal und machten sich auf den Rückweg in Richtung Bahnhof Zinnowitz. Auf ihrem Weg zum Bahnhof kamen sie noch an vielen Geschäften, Lokalen, Hotels und Ferienwohnungen vorbei. Jürgen tat sich sehr schwer, einem letzten Abschiedsgetränk zu widerstehen, aber das letzte Abendessen hatte doch Vorrang.

Am Bahnhof, wieder fünfzehn Minuten später angekommen, fuhr schon wenig später der Zug am Bahnsteig in Richtung Heringsdorf ein. Als er am Bahnsteig hielt, stiegen alle ein und fuhren wieder zurück nach Heringsdorf.

Als sie am Hotel angekommen waren, wollten Bob und Susi ein letztes mal an den Strand gehen, um sich von der Ostsee zu verabschieden. Also bereiteten sich Tanja und Jürgen währenddessen auf das letzte Abendessen vor, während Bob und Susi zum Strand hinunter gingen.

Dort kletterten sie auf einen unbesetzten Strandkorb hinauf und genossen den Ausblick auf die See und den Wind. Viele Menschen waren noch im Wasser. Besonders viele Menschenkinder, die Sandburgen bauten und erwachsene Menschen, die Lenkdrachen steigen ließen fielen in Ihr Augenmerk.

Am Horizont waren viele Schiffe zu sehen, die in einer Warteschleife darauf warteten, in den polnischen Hafen Swinemünde einlaufen zu können.

Einige Minuten saßen Bob und Susi regungslos auf dem Strandkorb und genossen einfach nur die Atmosphäre, die sie umgab.

Gerade, als Bob und Susi nach einer Weile aufstehen wollten, um den Strandkorb wieder zu verlassen, haute sie plötzlich eine starke Windböe einfach um.

„Püh, Susi, gerade nochmal Glück gehabt!"

»Oh ja, Bob, etwas stärkerer Wind und wir wären auf den Sand geplumpst!«

„Komm, Susi, lass uns wieder zurück ins Hotel gehen!"

»Prima Idee, Bob, vielleicht ist ja Harry wieder da!«

Beide richteten sich wieder auf und kletterten sofort den Strandkorb wieder hinunter. Bob und

Susi, reinigten sich vom feinen Sand und machten sich auf den Rückweg ins Hotel. Natürlich hofften beide, nochmal zum Abschied Harry zu sehen.

Harry kam inzwischen kurz vor dem Abendessen von seinem Ausflug zurück und wartete im Hotel auf der Terrasse auf Bob und Susi.

Kurze Zeit später kamen auch Bob und Susi im Hotel an und gingen auf die Terrasse, wo Jürgen und Tanja bereits am Tisch saßen. Harry war ebenfalls schon dort.

„Hallo Harry!" – rief Bob und Susi piepste laut.

Harry drehte sich um und begrüßte die Beiden. Sofort hüpften Bob und Susi auf den Tisch zu Harry.

„Na Harry, was hast Du denn den ganzen Tag gemacht?"

»Och Bob, das erzähle ich besser nicht!«

„Warum denn nicht?"

»Na, ich war nicht ganz brav!«

„Warst Du wieder als Pirat unterwegs?" – fragte Bob und lächelte etwas.

»Ja, Bob, ich konnte es einfach nicht lassen!«

„Ah ja, ich hoffe Du hast nix schlimmes getan?"

»Nä, nur wieder irgendwelche Menschen geärgert!«

„Na, dann geht es ja noch!" – antwortete Bob erleichtert und lächelte.

„Du Harry, morgen fahren wir wieder nach Hause, gleich nach dem Frühstück, sehen wir uns nochmal?!"

»Aber klar, Bob, ich möchte mir doch noch eine piratenmäßige Brise Küsse von Susi zum Abschied stehlen!"« - antwortete Harry, leise, sodass Susi es nicht hören konnte.

Mittlerweile machten sich die Ermüdungsspuren bei Bob und Susi breit, denn der Tag war doch sehr anstrengend.

Bevor sie mit Tanja und Jürgen ins Zimmer gingen, verabschiedeten sie sich noch von Harry, der sich dann wieder am Strand in den Dünen versteckte und dort die Nacht verbrachte. Ein wunderschöner Sonnenuntergang unterstützte Harrys Vorhaben.

Am nächsten Morgen folgte das letzte Frühstück. Wehmütig gingen Tanja, Jürgen, Bob und Susi dorthin, um sich für die Heimfahrt gut zu stärken. Das Gepäck war schon zuvor in den Koffern und im Kofferraum von Jürgen und Tanja verstaut worden.

Harry kam noch einmal zu diesem Zeitpunkt ins Hotel, um sich von Bob und Susi zu verabschieden. Dabei drückte der Seebär Harry Susi acht lange und dicke Bussis auf ihre Mäusebäckchen.

„Wir bleiben in Kontakt!" rief Bob zu Harry, der sich dadurch nicht von der Knutscherei mit Susi abbringen ließ.

»Kontakt? Wird schwierig werden, weil ich immer unterwegs bin!« — rief Harry zu Bob und widmete sich weiterhin Susi.

„Hallo Harry, das ist meine Susi!?" -rief Bob etwas energischer, nachdem Harry immer mehr Gefallen an der Knutscherei fand.

»Äh, ja, Bob, ist gut!«

Harry ließ Susi los, lächelte sie ein letztes mal an und wünschte ihr alles Gute.

»Also Mast und Schot Bruch und immer eine Handbreit Wasser unter dem Kiel!« - waren Harrys letzte Worte zu Bob und Susi.

„Also, Harry, mach es gut und bleib sauber!"

Harry hörte das schon gar nicht mehr, da er sich bereits auf den Weg machte zu neuen Piratenmäßigen Attacken auf der Insel Usedom.

Nachdem sich Harry verabschiedet hatte und das Frühstück beendet war, checkten Jürgen und Tanja aus, gingen mit Bob und Susi zum Auto und fuhren wieder nach Hause.

***

Kapitel 13

Nachdem Bob und Susi den Urlaub an der Ostsee hinter sich gebracht hatten, kam Bob zuhause eines Tages auf die Idee, mal etwas ganz allein zu unternehmen. Schließlich hatte er ja an der Ostsee genug Zeit zum Üben in Bezug auf seine Orientierung.

Er überlegte nur ganz kurz. Wie ein Blitz kam ihm der Gedanke, einmal das in der Nähe liegende Jagdschloss zu besuchen. Denn da war Bob schon sehr lange nicht mehr. Natürlich wollte er mit Susi dorthin gehen, also fragte er sie.

„Du Susi, magst Du mal mit mir zum Jagdschloss gehen?"

»Och ja, gerne! Wann denn, Bob?«

„Hm, Morgen vielleicht?"

„Das Wetter soll sehr schön werden!"

»Prima, Bob, das machen wir!« – antwortete Susi und freute sich schon sehr auf den gemeinsamen Ausflug.

„Aber lasse mich uns mal dorthin führen!"

„Nur wenn ich arg daneben liege, hilfst Du mir, Susi!"

»OK, wenn Du meinst, Bob!«

Der Tag verging ohne weitere besonderen Vorkommnisse. Zur späten Stunde des Tages wurde Bob immer aufgeregter, da er zum ersten mal seit seinem Unfall ganz alleine einen Weg hin und zurückgehen musste. Dabei sollte er völlig auf sich gestellt sein. Bob wurde bis zu diesem Zeitpunkt immer von Susi oder seinen Menschenfreunden begleitet, sodass er immer sicher an sein Ziel kam.

Diesmal aber, sollte Susi nur im Notfall eingreifen. Der Tag verging und äußerst gespannt und nervös schlief Bob ein.

Am nächsten Morgen machten sich Bob und Susi gleich nach dem Frühstück, am späten Vormittag auf den Weg zum Jagdschloss. Das Zugehörige Zeughaus sollte ihr Ziel sein. Im Zeughaus war ein Restaurant und es hatte eine schöne Außenanlage, die sich Bob und Susi anschauen wollten. Susi nahm sich vor, Bob bei diesem Ausflug freien Lauf zu lassen in Bezug auf seine Orientierung und ihn nicht zu beeinflussen.

„Komm Susi, gehen wir!" – sprach Bob und nahm Susis Pfote.

Natürlich nahmen sie den Weg durch den Wald, um nicht von den Menschenkindern entdeckt zu werden. Als sie den Wald durchliefen, staunte Susi nicht schlecht, da Bob den Weg auf Anhieb und ohne Probleme gefunden hat. Nach rund 25 Minuten kamen sie auf direktem Weg am Jagdschloss an.

„Boah, Susi, schau mal, das ist ja großartig!"

»Was denn Bob?«

„Na das riesige Schloss!"

„Ui, guck mal, da drüben ist der dazugehörende Kavalliershaus!"

„Komm, lass uns da mal hingehen!"

Hastig und aufgeregt nahm Bob das Pfötchen von Susi und zog sie in Richtung des Kavallierhauses. Dabei merkte Bob gar nicht, dass er ganz allein den Weg dorthin gefunden hatte. Während sie nicht mehr weit weg vom Kavalliershaus waren, sprach ihn Susi an.

Hey, Bob, hast Du was gemerkt?

„Hä? Nö! Was denn?"

»Du hast ganz allein und ohne Dich zu verlaufen den Weg zum Jagdschloss und zum Zeughaus gefunden!«

Bob blieb plötzlich einen Moment stehen und war selbst überrascht. So sicher, als hätte er nie Probleme mit der Orientierung gehabt, fand er den Weg zum Jagdschloss.

„Stimmt, Susi!" – sprach Bob und freute sich sehr.

„Komm, Susi, lass uns weitergehen!"

Am Jagdschloss sicher angekommen, widmeten sie sich zunächst dem Kavalliershaus. Dort war eine kleine Mauer, die das Haus etwas abgrenzte. Beide gingen auf die kleine Mauer zu und hüpften auf die Mauerkrone hinauf. Zweimal plumpste es ein wenig, aber Bob und Susi saßen sicher auf der Mauer und schauten sich um.

Von der Mauer sahen sie einen kleinen runden Springbrunnen.

»Boah, Bob, schau mal, ein Brunnen!«

„Ja, Susi, ich sehe ihn!"

»Komm, lass uns mal zu ihm rüber gehen!«

„Okidoki, Susi!"

Sie hüpften von der Mauer wieder herunter und gingen sofort zum Brunnen. Dort angekommen hüpften sie auf den Brunnenrand und ließen sich nieder. Bob und Susi genossen das niedliche

Plätschern des Springbrunnens.

„Du Susi, weißt Du vielleicht, was der Name Kavalliersbau bedeutet?"

Susi überlegte einen Moment.

»Also, Bob, wenn mich nicht alles täuscht, bezeichnete man als Kavaliershaus seit der Barockzeit ein Gebäude, das als Teil eines Schlossensembles der Aufnahme des Hofstaats diente!«

„Hä?"

„Hofstaat?"

»Naja, Bob, der Hofstaat ist eine Höfische Gesellschaft, also die Gesamtheit der Personen, die zum Beispiel einen regierenden Fürsten und dessen Familie unmittelbar und ständig umgaben!«

„Aha!?"

Bob überlegte einen kurzen Moment, und antwortete:

„Also, wenn ich das recht verstehe, dann sind das zum Beispiel Diener, Stallmeister, Köche, etc.?"

»Ganz genau, Bob!«

„Hm, das ist interessant!"

Bob und Susi verharrten noch einen Moment auf dem Brunnenrand, während Bobs Blick auf einmal nach rechts wanderte und in nächster Nähe etwas Besonderes sah.

„Boah, Susi, guck mal, da drüben ist ein großes Schachspiel!"

Bob riss sich von Susis Pfötchen los, hüpfte vom Brunnenrand herunter und rannte zum Schachspiel hinüber. Natürlich ließ er es sich nicht nehmen, gleich auf den weißen König hinaufzuklettern. Susi folgte ihm und kletterte auf die weiße Dame hinauf. Beide thronten genüsslich auf den Figuren und fühlten sich für einen Moment lang als König und Königin…

„Ach ist das schön hier oben!" – sprach Bob und betrachtete sich das Spielfeld mit den anderen Figuren ganz genau!"

Kaum hatte Bob das ausgesprochen, fiel ihm eine

Schaukel ins Blickfeld.

„Ui, Susi, guck mal, da drüben ist eine Schaukel!"

„Komm, gehen wir rüber und schaukeln etwas!"

»Wo denn? Ach da! Gut, Bob, das machen wir!«

Beide hüpften daraufhin von den Schachfiguren wieder herunter und gingen zur Schaukelanlage, die schräg gegenüber war.

„Erster!" – rief Bob, als er dort ankam und hüpfte sofort auf die linke Schaukel.

»Zweiter!« – rief Susi, lächelte und hüpfte auf die rechte Schaukel.

Susi freute sich sehr darüber, dass es Bob wieder so gut ging. Ihm wurde es überhaupt nicht schwindelig, als er sich heftig zum Schaukeln brachte. Das war schon ein deutlicher Fortschritt für Bob, worüber er sehr froh war. Nachdem sich Bob und Susi ausgeschaukelt hatten, hüpften sie wieder herunter. Am Boden stehend, erblickte Susi in der Nähe einen großen Schaukelstuhl.

»Komm, Bob, lass uns mal da drüben etwas ausruhen!« - rief Susi zu ihm.

Bevor sich Bob richtig umschauen konnte, nahm Susi seine Pfote und zog ihn zum Schaukelstuhl hinüber.

Dort angekommen ließ sie ihn los, schaute kurz nach oben und hüpfte hinauf.

»So, Bob, ich sitze und mache es mir jetzt bequem. Kommst Du auch?«

Bob folgte ihr sofort. Er schaute ebenfalls nach oben und hüpfte auf den Schaukelstuhl hinauf. Dort ging er zu Susi und setze sich direkt neben sie hin.

„Ach Susi, ist das gemütlich hier!"

»Ja, Bob, aber hast du auch die Menschen gesehen!«

„Ja, warum?"

»Na, die schauen uns alle an und lächeln!«

„Tja, Susi, wir sind halt zwei ganz süße Stoffis!"

»Stimmt Bob!«

Bob und Susi blieben noch eine ganze Weile wortlos auf dem Liegesessel sitzen und genossen die Landschaft und das herrliche Wetter. Als aber Bobs Magen plötzlich seltsame und laute Geräusche von sich gab, wurde es Zeit nach Hause zu gehen, um das Abendessen einzunehmen.

Bob und Susi hüpften schmunzelnd wieder von dem Liegestuhl herunter und gingen wieder langsam nach Hause.

„Boah, habe ich Kohldampf!" – stöhnte Bob.

„Wenn ich wieder zuhause bin, schnappe ich mir erst mal die Fleischwurst!" – brummelte Bob leise während des Gehens durch den Wald immer vor sich her. Den Rückweg meisterte Bob unbewusst ohne Irrläufe genauso sicher, wie den Hinweg zum Jagdschloss. Als sie wenig später wieder zuhause

angekommen waren, fragte Susi ihn, ob ihm etwas bei sich aufgefallen wäre. Bob schaute Susi etwas verwundert an und fragte sie:

„Nein, was denn?"

»Bob, dir ist nicht aufgefallen, dass Du den Hinweg zum Jagdschloss ganz allein gefunden hast und auch wieder den Rückweg nach Hause, ohne Dich zu verlaufen und ohne nach dem Weg zu fragen, wie Du es sonst immer machen musstest?«

Bob stutzte etwas, hielt sich dabei seinen Kopf und überlegte.

„Stimmt, Susi, Du hast Recht!"

„Das ist mir selbst noch gar nicht aufgefallen!"

„Sehr wahrscheinlich hat mich mein Kohldampf nach Hause geleitet!" – antwortete Bob und lachte dabei.

»Bestimmt!« – erwiderte Susi ebenfalls laut lachend.

Bob wurde plötzlich ganz still und gleichzeitig mächtig stolz auf seine Leistung. Er konnte es kaum glauben, dass es so war.

„Haben sich vielleicht wieder ein paar Synapsen in meinem Gehirn neu verbunden?" – fragte sich Bob und freute sich ungemein über den Erfolg.

Schließlich kamen Bob und Susi wieder gut zuhause an. Bob rannte sofort in die Küche, um seinen Kohldampf zu stillen. Er öffnete gierig den Kühlschrank, schaute hinein und holte sich einen Ring Fleischwurst heraus.

„Mhmm, lecker, das riecht guuuut!"

Genüsslich roch er an dem nach geräuchertem dufteten Fleischwurstring, legte ihn auf die Arbeitsplatte und sprang mit einem kräftigen Hüpfer in die Mitte des Ringes hinein.

Einen Moment lang blieb er in der Mitte sitzen und nahm diesen verführerischen und unwiderstehlichen Räucherduft in seiner Nase wahr.

Bob wollte gerade lustvoll in die Wurst reinbeißen, als plötzlich Susi um die Ecke kam.

»Hey, Booob, lass das!«

„Hä? Was ist denn?"

»Nimm Dir ein Messer und schneide ein Stück ab!«

„Äh, ja, warum? OK!" – antwortete Bob und sah ein, dass vielleicht auch Susi ein Stück haben wollte.

Widerwillig kletterte er aus dem Ring heraus, flitzte zur Besteckschublade und holte sich ein Messer heraus. Mit dem Messer in der rechten Pfote, raste er sofort wieder zum Fleischwurstring zurück, um sich ein Rädchen Fleischwurst vom Ring abzuschneiden. Bob schnitt sich ein Stück ab, schaute zu Susi und fragte sie:

„Aber jetzt darf ich reinbeißen?"

»Ja, Bob, jetzt darfst Du!« – antwortete Susi lächelnd.

»Ach Bob, Du und Deine Fleischwurst!«

„Mhmm, ich liebe Fleischwurst!" – antwortete Bob genüsslich schmatzend und mit vollem Bärenmund, sodass man ihn kaum verstand.

Nach diesem vielen wunderbaren Ereignissen, die Bob während jener Zeit mit Susi erlebte, ging es ihm im Nachhinein immer besser. Immer mehr Fortschritte stellten sich bei Bob ein, sodass von den Folgen seines Unfalls so gut wie nichts mehr übriggeblieben war.

Auch das Verhältnis zu Susi wurde immer intensiver, sodass sie ein Liebespaar wurden und ihr Leben gemeinsam verbrachten. Wobei es schon ein merkwürdiges Liebespaar war. Eine Maus und ein Bärchen. Aber wo die Liebe hinfällt, ist halt kein Kraut dagegen gewachsen, sagt man.

Benny währenddessen irrt immer noch irgendwo in den Gefilden herum auf der Suche nach neuen Abenteuern. Natürlich hätte auch Benny nichts dagegen eine Bärchenfrau auf seiner Reise kennenzulernen. Aber wer weiß, vielleicht hat er ja schon eine Bärchenfrau kennengelernt und verrät es nicht!?

Seien Sie gespannt, wie es im nächsten Buch weitergeht mit Bob, Susi, Benny und den anderen Stofftieren.

Ende

Die Mitwirkenden

Hallo, ihr da, mein Name ist Bob und bin ganze 22 cm groß. Ich habe meistens immer gute Laune und wie mein Freund Benny, ein weiches Fell. Vor langer Zeit hatte ich einen schweren Unfall gehabt. Noch heute kämpfe ich mit den Folgen.

Hallo Du da! Mein Name ist Benny. Ich bin stolze 10 cm groß, noch sehr jung, aber sehr anhänglich. Wenn ich erst mal bei Dir bin, wirst Du mich so schnell nicht mehr los. Mein Fell ist ganz weich und habe es sehr gern, wenn man mich streichelt. Ach ja, Bob ist mein bester Freund!

Mein Name ist Susi und bin eine außergewöhnlich große und starke Maus und die beste Freundin von Bob. Seit seinem Unfall auf der Straße begleite ich Ihn durch sein Leben und helfe ihm in allen Situationen. Und ehrlich gesagt, habe ich mich sogar etwas in Bob verliebt.

Hallo, Ihr da, ich bin Bobs Schwester und heiße Franzi. Bob hält mich manchmal ganz schön auf Trab, aber als Geschwister haben wir ein dickes Fell. In letzter Zeit bin ich außen vor, da sich jetzt Susi um ihn kümmert.

Hey, ihr da, ich bin der Seebär Joe. Meistens bin ich auf See unterwegs und kaum an Land. Aber wenn ich mal an Land bin, dann geht's ab. Leider hatte ich das letzte mal auf See einen schweren Unfall gehabt. Zum Glück war es aber nicht so schlimm. Ahoi und alles Gute!

Guten Tag, mein Name ist Frederike. Ursprünglich komme ich aus Frankreich, daher meine lila Farbe. Seit einem Jahr wohne ich aber in Deutschland. Ein plötzlicher Unfall mit SHT ermöglichte mir den Kontakt zur SHG-Darmstadt.

Hallo, ihr da, ich bin das Kölsche Streunerbärchen Felix.
Bob und Susi habe ich bei Ihrem Ausflug in Köln kennengelernt. Die zwei sind schon echt ein großartiges Paar!

Hallo, ihr da, ich bin die Maus aus der Sendung mit der Maus. Wie ihr mich bereits kennt, löse ich immer die Probleme für die Zuschauer am Fernseher. Natürlich auch mit meinem Freund, dem Elefanten. Bob und Susi lernte ich zufällig in Köln kennen.

Tröööt, ich bin der blaue Elefant aus der Sendung mit der Maus. Ich bin zwar kleiner als die Maus aber dafür sehr neugierig, sehr stark, spontan und treu. Auch ich lernte Bob und Susi in Köln kennen. Besonders Susi ist ja eine ganz liebe Maus.

Guten Tag, ich bin der Raumschiffkommandant. Mein Name ist Kommandant 96. Wir kommen vom Planeten Mausi. Wir sind im Weltraum auf der Suche nach Verwandtschaft.

Mein Name ist Nr.117 und bin der erste Offizier des Raumschiffes. Das ist gar nicht mal so einfach, ein Raumschiff durch die unendlichen Weiten des Alls zu steuern.

Hallo, ihr da, ich bin die Maus mit der Nummer 202 und habe an Bord des Raumschiffes die Aufgabe, die Crew bei bester Gesundheit zu halten. Ich bin der Schiffsarzt.

Guten Tag, liebe Erden-menschen, mein Name ist Nr. 345. Ich bin der Navigator des Raum-schiffes. Meine Aufgabe ist es, die exakten Flugziele zu berechnen, damit wir immer sicher dort ankommen.

Guten Tag, mein Name ist Nr. 57. Ich bin die Köchin und die Maschinistin des Raumschiffes. Meine Aufgabe ist es, die Crew mit Essen zu versorgen und das Schiff am Laufen zu halten. Außerdem bin ich die einzige Frau an Bord.

Guten Tag, liebe Erdenbürger, mein Name ist Justus. Ich bin der regierende Präsident des Planeten Mausi und habe die Crew in die Weiten des Weltalls geschickt, um für unsere Familien eine neue Heimat zu finden.

Hallo, ihr da, mein Name ist Harry. Ich bin der Ururururenkel des berühmten Piraten Klaus Störtebeker und treibe mein Unwesen heute an der Ostsee. Vor mir muss man keine Angst haben, obwohl es mich manchmal doch überfällt, nach Piratenmanier Schiffe zu kapern.

Kontakt

Liebe Leser und Leserinnen, wenn Sie mehr über mich und meine anderen Bücher erfahren möchten, dann schauen Sie doch mal auf meiner Autorenhomepage:

http://www.juergenkammerl.com

Hier dürfen sich auch verewigen alle Gäste mit einer kleinen Text oder Spruch, um die Geschichte fortzusetzen mit Bob und Susi ohne jeglichen Bruch.
Der Autor dankt dafür mit vielen Herzlichkeiten, sagt voraus für Bob und Susi viele goldene Zeiten.

Wenn Sie als Betroffener oder Angehöriger eine Selbsthilfegruppe für Schädel-Hirnverletzte gründen möchten und nicht wissen wie, dann wenden Sie sich zum Beispiel an die ZNS-Akademie in Bonn:

https://zns-akademie/
info@zns-akademie.de

***

Hinweis

Dieses Werk ist einschließlich aller seiner Teile urheberrechtlich geschützt. Jede Verwertung und Vervielfältigung des Werkes sind ohne Zustimmung des Autors unzulässig und strafbar. Alle Rechte, auch die des auszugsweisen Nachdrucks und der Übersetzung, sind vorbehalten!

Ohne ausdrückliche schriftliche Erlaubnis des Autors darf das Werk, auch nicht Teile daraus, weder reproduziert, übertragen noch kopiert werden, wie zum Beispiel manuell oder mithilfe elektronischer und mechanischer Systeme inklusive Fotokopieren, Bandaufzeichnung und Datenspeicherung. Zuwiderhandlung verpflichtet zu Schadenersatz.

Alle im Buch enthaltenen Angaben, Ergebnisse usw. wurden vom Autor nach bestem Wissen erstellt. Sie erfolgen ohne jegliche Verpflichtung oder Garantie des Verlages. Er übernimmt deshalb keinerlei Verantwortung und Haftung für etwa vorhandene Unrichtigkeiten.

Buchtipp

„Bob und Benny – Zwei Freunde fürs Leben" ist das erste Buch aus der Reihe der Stofftierabenteuer. In diesem Buch fing für Bob alles an.

Kurzinhalt:

Bob und Benny sind zwei süße Stoffbärchen. Bob, das größere Bärchen, ist sehr abenteuerlustig. Benny ist etwas kleiner, aber dafür sehr anhänglich. Beide lernen sich kennen und werden dicke Freunde. Sie unternehmen viel gemeinsam und sind ständig unterwegs. Eines Tages aber gingen sie getrennt auf Reisen. Jeder mit einem anderen Reiseziel. Im Laufe der Zeit hatten sie sich aus den Augen verloren, bis jener Tag kam, der ihre Freundschaft auf eine harte Probe stellte.

Bob erleidet in seinem Heimatort auf einer Straße einen Unfall. Ein Schädel-Hirntrauma ist die Folge. Ein Schädel-Hirntrauma bei Stofftieren fragen sie sich jetzt?

Trotz des ernsthaften Themas erläutert der Autor in lockerer Art und Weise die Probleme und die sozialen Einflüsse, die dieses Krankheitsbild mit sich bringt und wie sich ein Schädel-Hirntrauma auswirken kann. Mit viel Witz und Abenteuerlust wirkt Bob dem Schädel-Hirntrauma entgegen.

Das Buch ist im Buchhandel für 9,95 Euro erhältlich unter der **ISBN13: 9783743193680**.